イダーキバ

著：古怒田健志
監修：井上敏樹

講談社キャラクター文庫 009

目次

第一楽章

野村静香《のむらしずか》には趣味がなかった。

そりゃまあ来年に受験を控える高校二年生としては、世間一般からすれば趣味などにうつつを抜かしている時期ではないのかもしれないけれど、そもそも静香が通っている女子高は女子大の付属校であって、中間テストや期末テストではかならずクラスで上位から五番以内に入る静香は、ほぼ間違いなく推薦で進学できることは確定しているわけだから、受験に備える必要はないのである。

時間は、ある。

むしろ持て余しているのだ。

にもかかわらず。静香にはやることがなかった。

でもそれって仕方ないじゃない、と静香は思う。

静香が小学生のときに母親が亡くなって、それ以来父と弟のめんどうを、主婦代わりになってみてきた。性に合っていたのだろうか。静香にとってそれはちっとも苦痛ではなく、むしろやりがいのある仕事だった。

朝起きてまず洗濯機を回すことにはじまり、三人分の朝食と父のお弁当をこしらえる。家を出る前に洗濯物を干し、父と弟を送りだしたあとに、まるでアニメの第一話の主人公のようにトーストを口にくわえたまま家を飛びだすこともしばしばだった。

学校からの帰り道には夕食の献立に頭を悩まし、その材料を近所のスーパーで買ってから帰宅する。

家に着いたらまず洗濯物を取りこみ、夕食の支度をしながら父の帰りを待つ。

風呂を掃除して沸かす仕事だけは弟に振っていたが、おおむね家事と呼ばれる家事は静香の仕事であった。そうして中学時代からつい最近まで、静香は毎日を送ってきた。

しかし。

静香が高校二年生になって、父の仕事のフィールドが海外に移ることになった。

ちょうど中学卒業の時期にあった弟は、父といっしょに行くことを主張した。

だが、静香は大学進学が間近に迫っていることと、元来環境の変化を好まない本人の性格もあって、一人で日本の家に残ることになったのだ。

気楽な一人暮らし。

掃除も洗濯も食事の支度も、自分一人だけの分ならすぐ終わる。

そうして静香は時間を持て余すことになった。

今静香が置かれている状況は、子育てから解放された主婦に似ていて、そういう人たちはたとえば同じような境遇の主婦同士でつるんで、平日の昼間から観劇に出かけたり、スポーツを楽しんだり、カジュアルフレンチのランチを楽しんだりしていると、夕方のバラエティ番組化したニュースの特集で見たことがある。ちらっと映った広尾の何とかというイタリアンのお店は、ニョッキがすごく美味しそうだったっけ。

静香も友人とつるんで遊びに行けばいいのかもしれないけれど、そうはうまくいかなかった。

この年頃の少女たちというのは群れをつくるのが大好きで、静香のまわりにも、いくつかの小さな集団があって、だれもがそのどれかに所属している。

しかし去年まで主婦をやっていて、授業が終われば直帰が常だった静香は帰宅部のエースなどと呼ばれて、そのどれにも所属していない。

親しい友人のいるグループに入れてもらうことも考えたけれど、一人に慣れてしまっている静香は、いまさら少女たちの複雑な人間関係の中に入っていくのも煩わしかった。

それに、苦心して彼女たちの中に自分の居場所をつくっても、どうせ大学進学までの一年間だけだと思うと、どうにもおっくうな気がした。

だから、一人でいる自分の時間を有意義に過ごすために、静香は趣味が欲しいと思ったのだ。

けれど、主婦業に追われてきた静香には、これと言って楽しみがない。

あとになって気づいたことだったが、家族の世話を焼くことに楽しみを見いだしていたので、ほかに楽しみを求める必要がなかったのだ。

たとえば読書？

本は人並みに読む。けれど、自由時間のほとんどを読書に費やすほどの本好きではない、と自分で思う。それに、同世代で読書を趣味にしている少女たちが読んでいる本は、静香の趣味に合わなかった。以前友人から薦められて読んでみた本は、少年の同性愛がからんだ話で、読んでいてむずむずした。

「それがイイんじゃない」と友達は言ったけれど、静香はむずむずしただけでイイとは思えなかった。

たとえばスポーツ？

「いやいやいや」と静香は思う。

静香は球技が苦手だった。

正確に言うと、球技に必要な「咄嗟《とっさ》の判断」が、自分にはできないと思っていた。自分にパスが来て、ボールを持つと、パニック状態に陥って、どうしていいかわからなくなってしまうのだ。

だから体育の時間にバスケットボールなどの球技になると、静香の憂鬱は深まった。

もともと身体を動かすこと自体は嫌いではないのだ。一人で黙々と身体を動かすことは好きだった。足も遅いほうではないし、五キロの持久走では二百人の学年中五位になったこともある。

けれど、ジョギングが趣味、というのはどうにも年寄り臭い。十七歳の乙女の趣味では断じてありえない……気がした。ダイエットをするには、静香の体はむしろ細すぎるくらいだった。

せっかく時間があるのだから、将来の自分の糧になるような有意義なことがしたい。そのとき、ちょっとした小さな稲妻のように、静香の脳裏に「恋愛」の二文字がひらめいた。なんの脈絡もなく、突然その言葉を思いついたのだ。

恋愛が趣味、というのもどうかと思うけど。

そもそも恋は無理にするものではなくて、ある日突然不可抗力的に落ちるもの、のはずだ。そのほうが望ましい。うん、そうだ。

思えば、最後に恋をしたのはいつだったろう。

高校に入ってすぐ、電車通学をするようになって、毎日同じ時刻に同じ電車の同じ車両に乗る同世代の少年に胸をときめかせたことがあったっけ。

涼しい目元にはらりとかかる前髪がすてきな、少し翳《かげ》のある背の高い少年だった。襟章で同学年だと知って、何かのきっかけがあって会話を交わせる仲になれることを妄想したりもしたけれど、気がかりだったのは、静香が女子高に通っているのに対して、彼の学校は沿線の共学校だったことだ。

どうか悪い虫がつきませんようにという、静香の身勝手な願いは見事に裏切られ、出会ってから二週間後くらいから、彼が彼女らしき少女と毎朝親しげに電車に乗ってくるようになったことで、淡い恋は、儚《はかな》く散った。

静香は次の日から改札から遠くなるのを承知のうえで、乗りこむ車両を変えなければならなかった。

心の傷は最小限ですんだけれど、それでも静香の中に恋愛へのちょっとした恐怖心が芽生えたのも事実だった。

恋愛って、めんどくさいかも。

それ以来、自分から進んで男の子に興味を持とうとしなくなった気がする。

そもそも静香は自分の容姿に自信がなかった。

目が小さくて、前歯が大きな静香の顔は、自分でもちょっとウサギっぽいと思う。

だから、小動物的なかわいらしさは、もしかしたらあるかもしれない。

でもいかんせん、地味であることは否めない。

友達からもよく「静香はウサギっぽくてかわいい」と言われたが、女の子同士の「かわいい」はあくまでも社交辞令だ。そんなことはわかってる。

男子はもっと眼がぱっちりと大きくて派手な、モデルみたいな子が好きに違いない。

いっしょに歩いてると、すれ違う男の子が思わず振り向いてしまうような――。

それに、自分には家事が得意というくらいしか取り柄がないし。

これといった趣味もないつまらないこんな女の子に彼氏なんてできるわけがない。

そんな想いが静香を恋から遠ざけていた。

だめだわ！　こんなことでは！

静香は心の中でぶんぶんと首を横に振った。

今の私はあまりにもつまらない。

もっと魅力的な女の子にならなくちゃ。

そのためには、そうよ、何かすてきな趣味を持たなくちゃ――。


春と呼ぶにはまだまだ肌寒い、三月のある日。

野村静香はそんな想いをぐるぐると胸の中でかき回しながら歩いていた。

そのとき、びゅうっと強い風が吹いた。

昨日からようやく吹きはじめた生暖かい南風を、テレビの天気予報は春一番であると告げていた。

その風に乗って、一枚のチラシぐらいの大きさの紙が舞い、静香の顔に張り付いた。

「なによこれ」

顔からあわてて引きはがした紙には、今にも消え入りそうな細い線で、こう書かれていた。

《バイオリン教えます　美しい人生を音楽とともに　生徒募集・若干名》

次の日。

静香はチラシの下のほうに書かれていた住所の、古びた洋館の門の前に佇《たたず》んでいた。

しかし、ここに来るまでに、静香の心中、かなりの葛藤があったのはたしかだ。

そもそも、バイオリン教室の生徒募集のチラシにしては、その紙はあやしすぎる。

雰囲気から察して、個人でバイオリン教室を開いていることは想像に難くない。

しかし今時コピーですらなく、一枚一枚手書きのチラシってどうなんだろう。

しかも、広告ならば太く大きな字で堂々と書けばいいのに、いかにも自信のなさそうなか細い筆跡。

こんなチラシで本当に生徒を募集する気があるのか、思わず疑いたくなる。

普通の考え方をすれば、こんなあやしいバイオリン教室にだれも応募したりはしない。

君子危うきに近寄らずだ。

でも。

静香は妙に気になってしまったのだ。

その自信なさげな、か細い筆跡が、何かを必死で訴えかけているような、そんな気がして仕方がない。

本当は生徒になんか来てほしくないのだ。自分には人に教えたいことなんて何もない。でも、生徒を集めてバイオリン教室を開かなければならない何かの事情があって、人に来てほしい気持ちと来てほしくない気持ちが、このチラシを書いた人の中で激しく葛藤している——静香の目には、チラシの文字がそんなふうに訴えているように見えた。

やばい、あやしい、関わり合いにならないほうがいい。そう思いながら、一晩逡巡《しゅんじゅん》して、朝になってはじめに考えたのは、あのチラシを書いたのはどんな人だろうということだった。

こんなに気になるなら、もう行ってみるしかないじゃん。

そして今日、学校が終わるとその足で、地図を頼りにこの場所までやってきてしまったのだ。

しかし見れば見るほど不気味な洋館である。

建物は忍び返しの付いた高い塀で囲まれ、中の様子は閉ざされた鉄門の間からしかうかがえない。そこから見える建物は、見るからに古びていて、壁にはツタが這《は》っていた。

ものものしい……というか、おどろおどろしいその外観に恐れをなして、門に提げられた手動式のベルを鳴らすか鳴らすまいか静香が迷っていると、近所の主婦らしい五十がらみの女性が声をかけてきた。

「あなた、オバケ太郎の家に何か用なの？」

「オバケ太郎？」

この家の家主に与えられた不審なニックネームに、静香の声は思わず裏返った。

「あら知らないの？」

「私……これを見て……」

静香は、その近所のおばさんに例のチラシを差しだして見せた。

「ああ……そう……バイオリン教室……」

眉をひそめたおばさんを見て、静香の不安は募る。

「……どうかしらねえ」

「あ、あの、オバケ太郎って、どういうことですか？」

「本当の名前は知らないけど、このへんの人はみんなそう呼んでるのよ。男の子なんだけど、めったに外に出てこないし、出てきたときも顔を隠して人目を避けるようにこそこそ歩き回るんでね」

「はあ……」

「外に出てきたときは何をしているかっていうと、なんだか道に落ちているゴミを拾い集めたりして……本当に気味が悪いのよ。たしかにときどき家の中からバイオリンの音みたいなのが聞こえてくるけど……なにしろ家がこの感じでしょ？」

　話しながら振り仰いだおばさんにつられて、静香もたしかにオバケが住んでいそうな洋館のたたずまいを見上げた。

「気持ち悪くてねぇ」

二人のほかにはだれもいないのにおばさんは声を潜めて話す。会話をこの家の主に聞かれたら、恐ろしい祟りでもあるのではないか。馬鹿げた話だが、彼女はそれを怖れているかのようである。

「悪いことは言わないから、やめておきなさい」

ね、と念を押しておばさんは行ってしまった。

再び一人になった静香は、もう一度洋館を見上げてみる。

おばさんの話は奇妙だったが、オバケ太郎と呼ばれているこの家の主の人物像は、なんとなく静香がチラシの筆跡から想像していたイメージに合致しているような気がして、さほど驚きはしなかった。

どうしよう?

普通の感覚で考えれば、こんなあやしいチラシの募集に呼び寄せられて、こんなあやしい洋館に住んでいる、近所でも評判のあやしい人物に会うなんて、ありえない。

それでも自分の足でここまで来たのだ。

そういう相手だということは、織り込み済みだった。

呼び鈴を鳴らして中に入るか、それともこのまま引き返すか、静香の心は五分と五分でせめぎあう。

そんな静香の背中を押すかのように、ふいに鉄門がぎいと音を立ててゆっくりと開きはじめた。まるで、だれかが逡巡する静香をどこかから見ていて、屋敷の中に招き入れるために、開けたかのようだった。

するると、不思議なことに静香の心から迷いが消え去った。

門の奥に見える重そうなドアをまっすぐに見つめると、静香は吸い寄せられるように、洋館の敷地の中へと足を踏み入れた――。


気がつくと、静香は屋敷の玄関の三和土《たたき》に立っていた。いつドアを開けて中に入ったのか、憶えていない。でも入ってしまったものは仕方がない。

「こんにちは」

屋敷の中は静まりかえっていて返事はない。

「こんにちは」

今度はさっきより少し大きな声で呼んでみたが、それでも返事がないので静香はしびれを切らした。

「上がりますよー」

留守かもしれない人の家に上がりこむのには少しばかりためらいもあったが、こっちにはバイオリン教室の募集を見てきたのだという大義名分がある。とがめられても、なにも引け目はない。そう自分に言い聞かせて、静香は靴を脱いだ。

フローリングと呼ぶには年季の入った板張りの床は冷たく、黒ストッキングを履いた足の裏がひんやりとした。

そのときになって静香は屋敷の中に、鼻を突く悪臭が漂っていることに気づいた。

何の臭いと特定はできない。強いていえば、腐敗臭やカビの臭いなどさまざまな臭いが混じりあった悪臭のハーモニーである。

「なによ、この臭い……」

思わず鼻と口を手で押さえたが、無駄な抵抗だった。

あやしさよりも臭いのせいで逃げだしたくなったが、なんとか堪えて静香は家の奥へと進んだ。

洋館は外から見たときと同等か、それ以上に古いもののように感じられた。

天井は高く、柱はどっしりと太い。白く塗られた壁には、この家の歴史が染みこんでいるかのように、淡く染みが浮かび上がっている。館内の空気は外気に比べて冷え冷えとしていた。

大きな声で呼んでも返事はない。

でも、この家にはだれかがいて、自分を待っている。

根拠のない確信に突き動かされるように、静香は二階へと続く階段を上っていった。

見ず知らずの家に入りこみ、勝手に中を歩き回るという行為に、静香はちょっとした高揚感を覚えていた。胸の鼓動も、心なしか高鳴っているような気がする。

悪臭は二階のほうがさらに強くなっている気がしたが、好奇心が勝っていた。

二階には二つの部屋と、トイレと思われるドアがあった。

部屋のひとつのドアが薄く開いている。

「この部屋だ」という直感があった。

静香は迷いなくその部屋のドアを開くと、中に入っていった。


はたして悪臭の発生場所はこの部屋だったらしく、静香の鼻の奥がツンと痛む。

静香は顔をしかめながら部屋の中をうかがった。

そこは昼間だというのに薄暗く、目が慣れるのに少しばかり時間がかかった。

窓にはめこまれた鎧戸《よろいど》の隙間から差す太陽の光が、壁際に下向き斜め四十五度のストライプを描いている。

その日射しが当たる部分だけ、ほんの少しの埃《ほこり》が雲母のようにキラキラしながら空中に舞っている。

外からの光がすべて下に向けられているため、部屋の中央は暗く沈んでいた。

最初に目についたのは、天井近くに渡された梁《はり》のようなものにいくつも提げられたバイオリンだった。なかにはまだニスを塗っていない木肌のものもあり、その珍しさに静香は目を奪われた。

部屋の中のバイオリンはそれだけではなかった。部屋のそこかしこに、つくりかけのバイオリンや修理中とおぼしきもの、さらにバイオリンの部品のようなものがところせましと置かれている。

中でも目を惹《ひ》くのは、部屋に入ってすぐ、壁の飾り棚のような場所に置かれている、一挺《ちょう》のバイオリンだった。

静香は、これまでバイオリンというものを間近で見たことがほとんどなかった。けれど、そんな静香でも、そのバイオリンが何か特別なものであることはすぐに感じ取ることができた。見た目、他のバイオリンととくにどこが違うというわけではない。強いていえば、そのバイオリンに塗られたニスの琥珀色《こはくいろ》は、他のものに比べてやや赤みが強いという印象だが、惹きつけられたのはそのためではなかった。

それは言葉では言い表すことのできない、目に見えない吸引力だ。

そのバイオリンからフェロモンが出ていて、本能的に吸い寄せられる、そんな感じだと静香は思った。

美しいけれど、危険な香り――。

そう思ったとき、部屋の中央の仄暗《ほのぐら》いあたりから声が聞こえた。

「ブラッディローズ」

まず、そこに人がいたことに静香は驚いた。

まるで気配を感じなかったのだ。

けれど、声の主は今現れたのではなく、たしかに静香がこの部屋に入ったときからそこにいた。それは間違いない。ただ、静香が「それ」を「人」として認識していなかっただけなのだ。

「彼」は年齢でいえば、十五歳から二十歳のいずれかの年齢に見えた。大人びた少年のようにも、子どもじみた青年のようにも見えて、本当の年齢は定かではない。

細身で、明るい色の髪は踊るような癖毛である。大きな瞳は長いまつげで縁取られ、女性のように端整な顔立ちだったが、それはどこか病的な美しさだと静香は思った。

彼が身につけている深い赤のサテンのシャツは、彼が深紅の薔薇の花に包まれているような印象を与えた。しかし、その深く沈むような赤い色は、薔薇の花ではない、何かもっと別の色だと静香は思い直した。ブラッディローズ……？　〝血塗られた薔薇〟……。そう、それは薔薇というよりも、紅く、黒い、血の色だ……。

そんなことを思っていたので、彼が口にした〝ブラッディローズ〟という言葉が、本当は何を指す言葉なのか、すぐにはのみこめなかった。

その思いが静香の表情に表れていたのか、彼は言葉を足した。

「そのバイオリンの、名前」

「あ、あの……すみません、勝手に上がってしまって」

我に返った静香は、まず自分の非礼を詫《わ》びた。今大切なのは、バイオリンの名前ではなくて、なぜ自分がここにいるのかをちゃんと説明することだ。

「私、これを見て」

静香はバイオリン教室生徒募集のチラシを差しだした。

「生徒さん」

それまでほとんど表情を映さなかった彼の表情が、わずかに驚いたように動く。

「……バイオリンは？　持ってる？」

「え？」

「持ってないの？　……じゃあ、これ」

彼は手近にあったバイオリンを手に取ると、体を伸ばしてそれを静香に差しだした。

「待ってください、その、私、今日は見学というか、まだ習うと決めたわけじゃなくて」

いきなりバイオリンを突きだされて静香は狼狽《ろうばい》した。

ていうか、この人どういうつもりなんだろう？

この家、この部屋、この臭い。何もかもがあやしいけれど、ここにきて、この少年だか青年だかわからない男性のあやしさときたら、とっくに静香のキャパシティーを越えている。

「ええっと、じゃあ、どうすればいいのかな」

「えっと……」

それはこっちが聞きたいセリフだと思う。

「まずはその……自己紹介とか」

「ああ……そ、そうだね。そういうこと……ええと、名前は？」

「いや、自己紹介なんだから自分の名前を言わないと」

「そうか、そうだよね。僕は紅《くれない》　渡《わたる》」

「くれない、わたる……」

「きみは？」

「野村静香です」

「そう。よろしく。それじゃ、このバイオリンを持って」

「いや、だから名前だけでおしまいじゃないし」

「え？」

「歳はいくつだとか、ここでなにをしてるのかとか、バイオリン教室はほかに生徒がいるかだとか、どうしてこの部屋はこんなに臭いのかとか……こっちには聞きたいことがいっぱいあるんです！」

「そんなに？」

「そうですよ」

「ええっと、歳は来年くらいで二十歳になる……たぶん」

「くらい？　たぶん？」

「自分でもよくわからないんだ。ずっとここに一人で住んでいるから」

「ええっ？　……そんな……どうやって暮らしてたんですか？　ごはんは？」

「近所の店の人が、届けてくれるから」

「……どういうこと？」

「材料を……パンとか野菜とか、ミルクとか」

「それを、一人でつくって食べていたの？」

「小さいころは、なんか……いろんな人が来て、僕のめんどうを見てくれたんだ」

「いろんな人？」

「うん、知らない人が来て、ごはんをつくってくれたり、お風呂に入れてくれたり……」

「あの、お父さんとお母さんは？」

「いないよ。二人とも僕が小さいころに亡くなったらしいんだ」

「そうなんですか……」

　なるほど、紅渡と名乗ったこの青年は幼いころに両親を亡くしたから、親戚の人が代わる代わるやってきてはめんどうを見ていたんだ。でもある程度大きくなって、もう自分でやっていけると思われたか、親戚が何かの理由で来られなくなったかで、ずっと一人で暮らしているんだ。要領を得ない説明だったが、静香はなんとかそう理解した。

少しずつだが渡は自分の境遇を静香に話しはじめた。

「僕のお父さんは紅音也《おとや》といって、バイオリニストだったんだ」

「紅音也……」

その名前はどこかで聞いたことがあるような気がした。音楽に詳しくない静香にも聞き覚えがあるということは、有名な人だったのかもしれない。

「ここにあるバイオリンはほとんどお父さんがつくったものなんだ。お父さんは演奏家としても天才だったけど、バイオリンをつくる腕も素晴らしかったって、昔うちに来た人から聞いた」

「へえ……」

父親の話になると、にわかに饒舌《じょうぜつ》になる渡の態度に少し驚きながら、静香は改めて室内を見回す。十挺ほどの完成したバイオリンが部屋のあちこちに置かれている。その中でも目を惹くのはやはり最初に目をとめた〝ブラッディローズ〟だった。

「これもお父さんが？」

「ブラッディローズは父が残したバイオリンの中でも一番の傑作なんだ。いろんな人が欲しいって言って買いに来るけど、それだけは絶対に売らない。たとえ一億円出すって言われても……」

「一億!?」

「うん……そのくらいの値打ちはあるんだって」

「バイオリンってそんなに高いんだ……」

「安いのもあるよ。僕がつくったバイオリンなんて、一万円にもならない」

「渡さんもバイオリンをつくるんですか?」

「うん。だけどまだまだなんだ。形もだけど、仕上げに塗るニスの色が、どうしてもうまくいかなくて……」

そういうと渡は立ちあがって、部屋の片隅に置いてある卓上コンロにかけられた大きな鍋を指した。

「ニスに混ぜるものが問題なんだ。今はセミの抜け殻を粉にしたものを煮てるんだけど」

「セミの抜け殻!?」

「バイオリン職人はニスに混ぜものをして自分だけの色を出すんだ。でも、何を混ぜているかは秘密で、だれにも教えない。僕も自分で考えていろいろ混ぜてみたんだ。魚の皮とか、ミミズとか、ビール瓶の欠片とか」

「全部、その辺に落ちてるものばかりじゃないですか」

静香はやっと今まで気になっていた強烈な悪臭のもとがなんだったのかを知った。部屋のあちこちに、拾ってきたのであろう、生ゴミの類がポリ袋に入れられて封もされない状態で置かれているのだ。しかも、渡はそれをニスに混ぜるために煮詰めているのだ。まるで白雪姫の魔女がつくる毒リンゴの鍋だ。

渡がニスに混ぜるものを探してうろついている姿は、近所の人から見ればさぞやあやしく見えたに違いない。

「……だって、お金がないから」

「渡さんって、働いてないんですか？　生活費は？」

「今まではお父さんが残してくれたお金があったんだ。でも、もうすぐなくなる」

「あ、もしかして……だからバイオリン教室を？」

「うん」

「あの……今まで働いたことはないんですか？」

「僕……この世アレルギーなんだ」

「この世アレルギー？」

「そう。この屋敷の外の世界の空気は汚れているから、僕には合わないんだ。免疫が過剰反応して、場合によっては命にかかわるって」

「はあ？」

「昔、この家に来ていた人がそう言ってたんだ。だから……あんまり長い時間、外に出ちゃダメだって」

「そんな病気、聞いたことがないわ」

「ほんとなんだよ。外に出ると体がムズムズして。がまんして欲しいものをとってきたら、すぐに家に帰ってお風呂に入らないと……命が危ないんだ」

なるほど、だからマスクで顔を隠して外に出ていたのか。近所の人との接触を避けるようにしていたのも、きっとそれが理由なのだろうと静香は思った。

この青年は——渡は、ずっとそうやって外界との接触を最小限にしながら、この屋敷の中に閉じこもって生きてきたのだ。

小さいころ、この家に来ていた人が、なぜ渡にそんな話を吹きこんだのかはわからない。おそらく、自分たちがいない間に渡が外を出歩いて、さまざまな危険に出遭うことを未然に防ぐために絞った知恵なのだろう。それは、四六時中そばにいて保護してやることのできない大人にとっては名案だったかもしれない。

でも、静香の目の前にいる渡は、そろそろ成人しようかという立派な大人であり、人との接触を断ってきたことで、彼の成長が阻まれているのは一目瞭然だった。

静香の心の奥で、なにかがムズムズとうごめきはじめた。

「それじゃあ、渡さんにとっては私も病原菌みたいなものじゃないの？」

「それは、そうなんだけど」

静香はわざと少し意地悪な言い方をしてみた。

しかし普通なら相手に気を遣って否定するところを、なんのためらいもなく肯定してくる。

やっぱりこの人は、人とのつきあい方というものが全然わかっていないんだ。

「バイオリン教室なんて、無理なんじゃない？」

「だから、外に出て働けないから……家に来てもらうのなら、一人ぐらいは、大丈夫だから……」

「でも、危険なんでしょ？」

「……お金がいるんだ。いや、そんなにたくさんじゃなくていい。食べるだけ……僕はあんまりたくさん食べないから、ちょっとだけ月謝をもらえれば……」

「でも……渡さんは気がついていないかもしれないけど、この部屋、ありえないくらいひどい臭いですよ。むしろ、こっちが病気になりそう」

「そうなの？」

渡の顔に、深い失望の色が浮かぶ。

静香がここに来た時点で、無条件で生徒になってくれるものだと思っていたらしい。その世間知らずが、静香を苛立たせる。

「それに……こんな汚い部屋に住んでいる人が、美しいバイオリンを弾けるなんて思えない。バイオリン教室のことは、ちょっと考えさせてください」

そういうと、渡に背を向けて、静香は部屋を出た。

「待って」

渡が引き留めるのにも構わず、階段を降りる。

このままドアを開けて外に出れば、渡は追いかけてくるだろう。あわててマスクぐらいはしてくるかもしれないけれど、それもはぎ取ってやるつもりだった。

おせっかいかもしれないけれど、いや、それは間違いなくおせっかいなのだけど、静香は渡を外の世界にひっぱりだしてみたくなったのだ。

いい歳をして、見た感じ普通に健康に見えるのに、『この世アレルギー』なんていうありもしない病気を信じて、外に出ようとせず、人との関わりを断っている渡を見て、どうにもがまんができなくなった。外の空気に触れさせて、深く息をさせて、ほら、なんでもないでしょう?　と言ってやりたい。

ほら、早く追いかけてきなさいよ。

静香はそう思いながら、玄関へむかった。

しかし、静香は玄関のドアを開けることができなかった。

彼女が靴を履こうとしたとき、よどんだ空気を裂くようにして、鮮烈な音色が静香の耳に飛びこんできたからだ。

バイオリンの弦は、羊の腸から強い繊維質を選んで乾燥させたものに金属線を巻いて補強したものだ。そこに、馬の尾の毛でつくられた弓を摩擦させ、胴内で反響させることで響かせる。その力強い音圧は、静香の足を止めるのに充分なインパクトを持っていた。

静香が思わず振り向くと、階上の踊り場に立った渡がバイオリンを奏でていた。手にしているのは〝ブラッディローズ〟。

長く尾を引く最初の一音が途切れると、次は流れるようになめらかなメロディが流れだした。渡の左手の指が、まるでそれ自体が意志を持った生き物のように動く。音階はどこか悲痛な、切ない感情を湛《たた》えていた。それはこの屋敷の中で、だれとも話しもせずに一人で毎日を過ごしている渡の孤独を表しているかのように静香には感じられた。

けれどそれだけではない。

その孤独は一方で例えようもなく美しかった。何か大切なものを守るための孤独。大きな犠牲を払ってしかなしえない何かのために、必死に耐えることの尊さ――。そういうものがこの世の中にはあるのだということを、静香は感じ取った。

歌詞もない、一挺のバイオリンが奏でる純粋な「音」が、これほどまでに饒舌に、さまざまな感情を運んでくるものだということを、静香は初めて知った。気がつくと、頬を涙が伝っていた。

そのとき、静香はふと思った。

渡を取り巻くすべてのものは、世間の常識から考えれば、ありえないことだ。

この屋敷も、臭いも、渡の性格も。

しかし、それには何か大切な理由がある。愚かなのはそれに気がつかず、常識のもの差しで否定しようと決めてかかっている自分のほうなのではないか。

もし渡が何かの理由で孤独に縛られ苦しんでいるのなら、それを解放してあげるだれかの存在が必要で、もしかしたら自分こそがその存在になれるのではないか。

おせっかいなのかな。

でも、渡が奏でるバイオリンの音色には、自分をこの孤独から救いだしてほしいと訴えかけるような響きがたしかにあると、静香は思った。

曲の最後に弓を弦から離すと、渡は指先でちょんとつま弾いた。静香は知らなかったが、ピチカートと呼ばれる奏法である。

静かな屋敷の中に、短い残響が残された。

弾き終わった渡は何も言わず、階段の上から静香を見下ろしていた。

静香は言葉を探してしばらく黙っていた。

渡は不安そうな顔になり、静香を見つめている。

やがて静香は口を開いた。

「……バイオリン、教えてください」

バイオリンの演奏を生で聴くのはこれが初めてだったから、単なる直感でしかなかったけれど――。

たぶん静香が一生の中で出会う音楽家の中で、渡以上の演奏をするバイオリニストはいないだろう――。

静香は自分の直感を信じるタイプなのだ。


「月謝は月に五千円」

二階の部屋に戻って、渡はそう切りだした。

「レッスンは、静香さんの好きな時間に、何回来てもいい。僕はいつでもここにいるから」

「五千円？　それで足りるんですか？」

「……まだ、お父さんが残してくれたお金が少しあるから……。そのうち生徒さんが増えれば……」

「わかりました」

月に五千円なら、父が海外から送ってくれる仕送りの範囲で充分まかなえる。それに、世間の相場は知らないけれど、バイオリンのレッスンが月に五千円というのは破格なんじゃないだろうか？

しかも、好きな時間に何度でも受けられるというのだからなおさらだ。

「……でも、私のほうからもひとつお願いがあります」

「え？」

「この部屋の掃除をさせてください」

「掃除？」

「だって、美しい音楽を習うにはこの部屋は汚すぎるでしょ……」

「そ、そうなのかな」

「そうですよ」

「……いいけど」

「まずはこの生ゴミ」

「それはゴミじゃなくてニスの材料だよ」

「これを捨てること」

「ダメだよ、それは必要なんだ」

「じゃあ、ちゃんと袋の口を閉じて。臭いが広がらないようにどこかにしまっといてください」

「…………」

「マスク、まだありますか？」

静香は渡から新品のマスクを受け取ると、さっそく生ゴミの整理に取りかかった。

「窓、開けますよ。空気を入れかえなくちゃ」

「え？　ダメだよ。僕は……」

「大丈夫」

言うが早いか、静香は鎧戸を開け、渡の部屋の窓を片っ端から全開にした。

開け放たれた窓から明るい春の日射しが差しこんで、静香は思わず眼を細める。

渡は大あわてで部屋を出ると、ドアの陰からおそるおそる中を覗《のぞ》きこんだ。

暖かい南風が流れこんで、よどんでいた室内の空気が入れ替わっていった。


渡がためこんでいた大量の生ゴミは、袋を二重にしたうえで固く口を縛って物置に放りこんだ。

その後小一時間、静香が掃除すると部屋は見違えるようにさっぱりとした。長年鍛えた主婦業の腕は伊達《だて》じゃない。

臭いもまだ完全には抜けていないけれど、気にならない程度にはなっただろう。

渡は静香が掃除している間は一階に避難していて、掃除が終わったあとも怖がって、空気が入れ替わった部屋になかなか入ろうとしなかったが、マスクを付けさせるとようやく戻ってきた。

「この世アレルギーは免疫の問題なんでしょ？　だったら少しずつ馴《な》らしていけば治りま

すよ」

「そんなことないよ。本当に命が危ないんだよ」

まあ、初日はこんなものだろう。あまり無理強いするのもよくないし、この件に関しては時間をかけてゆっくりやろうと静香は思っていた。

静香の顔をマジマジと見ながらマスクを付けた渡が口を開いた。

「ねえ」

「はい？」

「さっき、僕の自己紹介はしたけど……きみの自己紹介は？」

「あ」

「僕はまだ、きみの名前しか知らないよ」

言われてみればそうだった。

静香はここまで、自分の名前しか言っていない。

それなのに部屋の掃除までして、考えてみればおかしなことだ。

静香は自分が高校生であること、通っている高校の名前、どこに住んでいるかなどを渡に告げた。

「学校って……どんな感じなのかな」

そうか、そうだよね。

ずっと一人でこの家で暮らしていた渡は、知識としての学校は知っていても、どんなところなのかという実感がないのだろう。

学校の様子、友達のことなどを話すと、渡は真剣な表情で聞き入っている。

静香は話しているうちに、渡との距離が少しずつだけれど、縮まっていくのを感じた。

話に夢中になって、気がつくともう外は暗くなりはじめていた。

明日また、今日と同じ時間に来ることを渡に告げて、静香は帰ることにした。

渡はまだいてほしいという気持ちを隠さなかったが、さすがに日が暮れたあと、今日初めて出会った男性とこの屋敷の中で二人きりでいることには抵抗があった。

人とふれあうことに怯《おび》える渡が、自分を襲うなどということは想像も付かなかったが、それは静香の中の倫理観の問題である。

渡は玄関までいっしょに来ると、ドアはなるべく早く閉めてね、と言った。

外に出て、言われたとおりに素早くドアを閉めようとしたとき、隙間から渡が小さく手を振っているのが見えた。

家まで二十分ばかりの道のりを、静香は軽い足取りで歩いていた。

静香の心を、探していた趣味をようやく見つけた喜びが浮き立たせた。

バイオリンを習う——。

それはたしかに友人たちにもちょっと胸を張れるくらいの、世間体のいい趣味ではあったけれど、静香の内面では、ちょっと事情が違っていた。

静香が見つけた趣味は、バイオリンではなかった。

紅渡という屋敷の中に閉じこもって生きてきた孤独な青年を、自分の力で外の世界につなげてやる。

それが静香が見つけた趣味だった。

バイオリンよりも、そのことを考えると胸がわくわくした。

一人の人間を変えるなんて、ちょっとおこがましい気もしたけれど。

でもそれって仕方ないじゃない、と静香は思う。

「だって、私はおせっかいが好きなんだもの」

○

同じ日の夜。

一人の女が夜の闇を切り裂くように走っていた。

彼女の名は麻生《あそう》恵《めぐみ》。

その手には、銀色に光る小さな銃のようなものが握られている。

銃口の両脇に、小さな翼のようなものが生えたそれは、ファンガイアバスターと呼ばれ、彼女が敵と戦うためのただひとつの武器だった。

ファンガイア――それが彼女が追いかけている敵の名前である。

といっても個体の名前ではなく、その種族を表す名称だ。

ファンガイアは人間ではない。

人間に姿を変え、社会の中に潜んでいるが、いざというときには体にステンドグラスのような模様をまとったモンスターの正体を現し、人間を捕食するのである。

そう、ファンガイアは人を喰《く》う。正確に言えば、その命をライフエナジーという状態に変えて吸い尽くす。

ファンガイアに襲われた人間は、ひからびたミイラのようになって――ではなく、無色透明なガラスのようになり、砕け散って死ぬ。

彼らは人類の天敵なのだ。

しかしファンガイアが人間と表だって争うことはめったにない。

人間に比べて強靱《きょうじん》な肉体と特殊能力を持つファンガイアたちだが、数の上では圧倒的に少ない。人間が本気で防衛手段をとりはじめれば、不利な立場に追いこまれることはわかっていた。

彼らはそもそも夜の闇を好んだ。それは彼らの美学に基づく行動だが、人間の目につかないようにするという点でも、理にかなっていた。

彼らは人類の歴史がはじまる以前から存在していたが、その歴史の暗がりの中に息を潜めるようにして生きながらえてきたのだった。

しかし、人間の中にもファンガイアの存在を知り、戦う意志を持った勢力があった。

麻生恵もその一員である。

〝素晴らしき青空の会〟と名乗る彼らは、おもにファンガイアの犠牲者の遺族やその周辺の人間によって構成されていた。

恵もその例に漏れず、祖母がファンガイアの犠牲になっていた。

しかし、恵が他のメンバーとやや異なっていたのは、恵の母も〝素晴らしき青空の会〟のメンバーであったということだ。

恵の祖母は〝青空の会〟の創設メンバーであったから、いわば三代続くメンバーの家系ということになる。

〝青空の会〟ではファンガイア討伐にあたるメンバーを〝ファンガイアハンター〟と呼んでいた。研究者であった祖母は違うが、恵は母から二代続く、筋金入りのファンガイアハンターである。

これまで恵は何体ものファンガイアを仕留めてきた。

今日も以前から目を付けていたファンガイアと目される人物を尾行し、そいつが人間を襲おうと正体を現した瞬間に、急所を狙ってファンガイアバスターの一撃を見舞ってやった。

あいにく急所を外したことで、ファンガイアには逃げられたが、襲われた少女を救うことはできた。ファンガイアの退治も大切だが、犠牲者を出さないことがその任務の第一の目的である。

逃走したファンガイアを追って、恵は夜の公園にやってきた。

この周辺のどこかに、あのファンガイアはいる。

長年の経験から、恵はそう直感した。

ファンガイアには人間と同様に個性がある。

真面目な者、いいかげんな者、気の強い者、弱い者。その性格はさまざまだが、総じて言えることは、プライドの高い一族だということだ。

ファンガイアは自分たちのことを貴族と呼ぶ。

人間よりも高尚な一族であると公言してはばからない。

たとえば、人間が食べるものは動物や植物の死骸、残骸である。それに対して、ファンガイアが口にするのは、基本的には生きた人間から直接吸いとるライフエナジーだけだ。

この一点をもってしても、ファンガイアこそが気高い種族であり、人間のような下劣な生き物とは違うという彼らのプライドの根拠としては充分だった。

だからだろう、恵がこれまで戦ってきたファンガイアは、自分たちよりも下等な人間に歯向かわれることで、よく腹を立てた。

人間に傷つけられることは、プライドを傷つけられるのと同義である。

だから、傷つけられたからといって、おとなしくそのまま逃げるファンガイアは少ない。一度は逃げるが、かならず機会をうかがって逆襲してくる。

人間の分際で自分に手傷を負わせた恵を生きて帰らせては、ファンガイアとしての沽券《こけん》に関わるのだ。

だから、いる。

この場所はファンガイアが身を潜め、襲いかかってくるには恰好《かっこう》の場所と思われた。

樹木の茂み、建物の陰など、ファンガイアが隠れていそうな場所に注意しながら、恵は周囲を見回した。

手にしたファンガイアバスターはいつでも撃てるように両手で掲げて射撃の姿勢をとったままである。

相手が出てくるとすれば、それは自分の背後からだ――。

恵の読みどおり、彼女が背を向けた公園の入り口近くの茂みがガサッと音を立てると、身長二メートル以上の巨大な影が一直線に襲いかかってきた。

恵はくるりと反転すると、巨大な影――黒い体の各所を色とりどりのステンドグラスで飾ったスパイダーファンガイアが自分に到達する前に、ファンガイアバスターのトリガーを引いた！

　ファンガイアバスターは急所に当たらなければファンガイアの命を奪うことはできない。したがって多くの場合、その使用は別の目的のためとなる。

　今、恵が放った銀の弾丸・シルバーアローの狙いも、スパイダーファンガイアそのものではなかった。弾丸には特殊な回転が与えられており、標的を外したかに見えた弾丸は大きく弧を描くと、そのまわりを旋回しはじめる。

　弾丸にはワイヤーが取り付けられており、それによって敵の体は拘束され、身動きができなくなった。鋼鉄製のワイヤーで縛り上げられたファンガイアは立つこともままならず、地面に転倒した。

「き、貴様……卑しい人間の分際で、貴族に歯向かうとは……」

「この世の名残に言いたいことはそんなこと？」

　恵はファンガイアバスターのカートリッジを、とどめを刺すための特殊な弾丸に替えながら吐き捨てた。

「どうせあなたにも、気取った真名《しんめい》がついてるんでしょ？　だったらそれに相応しい、もうちょっと気の利いた言葉を残しなさい」

「真名」という言葉を恵が口にしたとき、ファンガイアの体がぶるっと震えたように見えた。人間に真名を呼ばれることは、ファンガイアにとって最大の屈辱である。恵はファンガイアの真名を呼んだわけではないが、真名のことを口にされるだけでも、耐え難いことなのだろう。

「醜い人間め」

「おあいにくさま、あなたの目からどう見えるか知らないけど、人間の世界じゃあたしこれでも売れっ子モデルなの。醜いって言われてもねえ」

「許さない……貴様を許さんぞ」

「さようなら、野暮なファンガイアさん」

ファンガイアの胸を狙って銃口を突きつける。特殊弾丸は散弾になっており、飛び散った弾丸の何発かはそのファンガイア固有の急所に当たるはずだ。急所以外の場所はみるみるうちに傷口が塞がる。それがファンガイアが不死であるゆえんだ。しかし急所だけは修復が遅れる。ファンガイアハンターの鍛えられた目はそれを見逃さない。

急所がわかれば、あとはそこを破壊するだけだ。

しかし恵はトリガーを引くことができなかった。

激しい殺気を孕《はら》んだ一陣の風が背後から襲いかかってくるのをハンターとしての直感で感じ取り、身を翻したからだ。

恵に襲いかかった風はそのまま滑空したあと地面に着地して翼をたたんだ。

テントウムシを彷彿《ほうふつ》とさせる姿を持つレディバグファンガイアだ。

恵は心の中で自分の失態をなじった。

かならず逆襲してくるものとたかをくくって、追跡に時間をかけすぎた結果、相手に仲間を呼ぶ余裕を与えてしまったのだ。

こうなると恵は圧倒的に不利だ。

早くもスパイダーファンガイアは現れた仲間に拘束を解いてもらい、自由を取り戻している。

もともとファンガイアハンターは、圧倒的な力を持った敵に対して、貧弱な装備で立ち向かわなければならない。ハンター自身の機転と勇気だけが頼みの綱の、心細い稼業である。

戦いの鉄則は一対一。

敵がそれ以上になれば、もはや勝ち目はないと考えたほうが良い。

「戦略的撤退も仕方ないわね」

今度は恵のほうが強がりを言う番だった。

だが、逃げることさえできるかどうか。

二体のファンガイアは立ちすくんだ恵との間合いをじりじりと詰めてくる。

ファンガイアのスピードは、人間の動きをはるかに凌駕《りょうが》する。

逃げようと背を向けた瞬間に、恵は捕らえられ、背中からバッサリと斬りつけられるだろう。

どうする？　どうしよう。

そのとき、遠くから腹の底に響くような重低音が聞こえてきた。

公園に続く道を、一筋の光がまっすぐに照らしながら近づいてくる。

それは一台のオートバイだった。4ストロークの重厚なエンジン音がドラムロールのように静かな夜の街に響きわたる。

二体のファンガイアも一瞬そちらに気をとられたようだった。

今だ。

恵はバッと横っ飛びに跳ねると、その場からの離脱を試みた。

しかし、それも無駄な試みだった。

ギュルギュルギュルッ!

スパイダーファンガイアの口から放たれた糸が、恵の体をからめ取る。

今度は恵が地面に転がされる番だった。

「許さんと言ったはずだ」

恵に襲いかかろうと、ガチガチと鳴らされたスパイダーファンガイアの牙は、しかし次の瞬間、何者かによって横殴りに叩き折られた。

「うがあああッ!」

うめきながら転がるスパイダーファンガイア。

レディバグファンガイアが後ずさりする。

そこに男が立っていた。

黒い体を、血のように赤く塗られた鎧で包みこみ、肩や足には、彼が本来封印されるべき忌まわしいものであることを示すかのように、金属の鎖が巻き付けられている。

顔はマスクで覆われ、翼を拡げたコウモリの形をした両眼が、暮れなずむ空に浮かんだ月のように輝いていた。

「キバ……？」

恵は鎧に身を包んだ男をそう呼んだ。

たしかに、〝素晴らしき青空の会〟ではその男を〝キバ〟と呼んでいた。血のように赤い鎧を身につけ、満月のように輝く目をもった仮面の男――。

恵は資料で見たことがあるだけで、自分の目で見るのは初めてだったが、それがキバと呼ばれる者に間違いないと直感した。

男は牙を折られて苦しむスパイダーファンガイアをつかんで起き上がらせると、そのみぞおちめがけて拳を叩き付けた。

ファンガイアの体が砕けて、男の右腕がその体内にめりこむ。

体に拳を叩きこまれてファンガイアの体がガクガクと震える。

普通ならファンガイアの傷は一瞬にして修復される。しかし不思議なことに、男によって砕かれたファンガイアの身体は蘇《よみがえ》らなかった。あたかもファンガイアの身体が男の意志に背くことを怖れているかのように――。

断末魔、全身のステンドグラスに、ファンガイアが人間の姿を装っていたときの顔が無数に浮かび上がった。

「お、おまえ、は……」

鎧の男が腕にグッと力をこめると、ファンガイアの体はガラスが砕けるように粉々になった。

「ぐおおおお！」

残されたレディバグファンガイアが宙を舞い、鎧の男に飛びかかる。

だが、男は軽快な身のこなしでそれを避けると、逆に足をつかんで地面に叩き付けた。

ファンガイアが立ちあがろうとする間に、男は全身に力を溜めるようにかがみこむと、右足を大きく蹴り上げた。

足に巻き付けられていた鎖がはじけ飛び、そこからコウモリの翼が現れる。

男が地面を蹴ると、その身体は十メートル以上舞い上がった。

仰け反るように一回転すると、空気を切り裂きながら急降下し、身構えたレディバグファンガイアのボディに右足を叩きこんだ。

レディバグファンガイアは吹っ飛ばされ、数十メートル先のコンクリート製の壁に叩き付けられた。その瞬間、壁にはコウモリをかたどった紋章のようなものが浮かび上がり、それが消えると同時に、ファンガイアの体は色とりどりのガラス片となって砕け散った。

ファンガイアの最期を見届けた恵がポケットから取りだしたナイフで自分の拘束を解いて再び目を戻したとき、すでに男の姿はそこにはなかった。

公園の外から遠ざかるバイクのエンジン音が聞こえてきたが、それがあの男のものかどうかは定かではなかった。

「あれが……キバ……」

もしそうだとしたら、恵はいずれ彼と戦わなくてはならない。

〝素晴らしき青空の会〟の資料には、こう書かれている。

〝キバはファンガイアの王にして、我々の最大の敵である――〟

第二楽章

「紅音也はまだ現れないの？」

そう声を荒らげたのは、今夜のコンサートを主催する音楽事務所のマネージャーだった。

「そう興奮なさらないでください。待ちましょう」

「でも……」

「優れた芸術家というのは、時として気まぐれなものです。それは逆にいえば、彼が自由な精神の持ち主であることの証明なのです」

「……そうおっしゃられても……せっかくマイスターに日本までいらしていただいているのに」

「私はますます彼と共演することが楽しみになってきましたよ」

彼女をなだめているのはフリッツ・フォン・マイエル。このコンサートに出演するため、ドイツから来日した世界的な指揮者である。

「オトヤ・クレナイの名はドイツまで聞こえています。幻の天才演奏家として……そのオトヤと共演できるのであれば、私はいくらでも待つことができます」

「まもなく開演の時間です。聴衆は待ってくれません」

「彼はきっと来ます。一流の演奏家というものはどんなときでも聴衆を裏切らないものですよ」

「そうだといいのですが」

開演時間である三時を間近に控えて、すでに客席は満員になっていた。

そのだれもが、マイスターと呼ばれる指揮者と幻の天才バイオリニストの共演に胸を躍らせていた。

そして、紅音也が姿を現さないままに、開演十分前を知らせる予鈴が鳴った――。


「きみは俺の運命の女かもしれない」

オープンテラスのカフェの客席で、飲み終わったコーヒーのカップを下げに来たウエイトレスに、紅音也はそうささやいた。

「え？」

「二人が今日ここで出会えたことは、運命の悪戯かもしれない……そうは思わないか」

思いもかけず甘い言葉をささやかれて、ウエイトレスは顔を赤らめた。

「これは神様のお導きに違いないな」

「あ、あたし……仏教徒ですから」

「宗派は？」

「ええええ？　……えっと、実家は真言宗《しんごんしゅう》です」

「なるほど、弘法大師《こうぼうだいし》も粋なはからいをなさるもんだ」

ウエイトレスがやんわりと拒んでも、音也は少しも後に退こうとはしない。

「お茶でも……いや、お茶は今飲んだばかりだった。食事でもどうだ？」

「いえあの、まだ仕事の途中ですので」

「仕事なんか抜ければいい。俺が店長に掛けあってやろう」

立ちあがって店長の姿を探した音也の目に、別の席にいた一人の女が飛びこんできた。

長く伸ばしたストレートの黒髪。スーツに包んだしなやかな肢体。整っているが、それだけではない、ノーブルで意志の強そうな顔立ち。

強い光を宿した大きな瞳が長いまつげに縁取られて美しかった。

女は、それまで読んでいた文庫本をたたむと、それをバッグにしまい、座席の横に置いてあった大きな紙袋を手にしてレジのほうへとむかった。

その優雅な身のこなしを見て、音也の眉毛がぴくりと動く。

音也はイスにすとんと腰を下ろすと、そそくさと店を出る支度をはじめた。

「……すまない、俺は勘違いをしたようだ」

「は？」

「きみにきみの運命があるように、俺には俺の運命がある。どうやら別の道を歩むことが、俺たちのさだめだったようだ」

「はあ」

「また会おう。きみに訪れる運命が素晴らしいものであらんことを」

そういうと音也はとっとと席を立ち、先ほどの女を追うようにレジへとむかった。

あとに残されたウエイトレスは、狐につままれたような顔で立ち尽くすしかなかった。

音也はコーヒーの代金を叩き付けるようにレジに置くと、先に会計をすませて店の外に出た女を捜した。

心地よい五月の風に髪を遊ばせながら、女が通りを歩いていくのが見えた。

頭の上から一本の糸でひっぱられているように、スッと背筋を伸ばし、やや大きめのストライドで歩いてゆく姿は、何かの信念に背中を押されているようにも見えた。

「待ってくれ」

音也は声をかけたが女は立ち止まらず、三回呼んだときに初めて振り返った。

「あたし？」

「そうだ」

音也は小走りになって追いつく。

「落としたぞ。きみのだろう？」

そう言ってハンカチを差しだした。

もちろん女には見覚えのないものだった。

——女は思った。

「なんていう古典的なナンパの仕方だろう」

こんな使い古された手に乗る女などいるのだろうか？

そう思うと、女の心にちょっとした悪戯心が芽生えてきた。

この男を困らせてやろう。それが、ありきたりにも程がある古くさい手口で自分に声をかけてきたこの男への正当な仕打ちであると思われた。

「ありがとう」

女はそういうと、男の手からさっとハンカチを受け取ると、にべもなく前を向き、そのまますたすたと歩きだした。

背を向けてしまったから見えないけれど、男は呆然《ぼうぜん》としているに違いない。

そう思うとちょっと可笑しくて笑いそうになる。男の顔をぜひ見たかったけれど、それはがまんした。

そのハンカチは私のじゃありません、と否定してくることを男は想定していただろう。

そこからはじまる会話のシナリオもあったはずだ。

でも、自分はそれを裏切った。

「ありがとう」

それで、おしまい。

いちばん手っ取り早くこの場を収拾する、良い方法だと思われた。

……そのはずだった。しかし……。

「せっかく拾ってやったのに、ちょっと冷たいんじゃないか？」

そういいながら男が追ってきた。

それでも無視して歩いていこうとする。

するとまた声をかけてくる。

しつこいぞ。

「見たところ、そのハンカチは高級品だ。それだけのものをなくさずにすんだのだから、少しは愛想よくしてくれてもいいんじゃないか？」

なんだ、その恩着せがましいセリフは？

そもそも、このハンカチは私のなんかじゃない。

それを口にすると、男はにやっと笑った。

「……じゃあ、どうして受け取ったんだ？」

しまった。

簡単に終わらせようとして、かえってめんどうなことになってしまった。

彼女の頭の中で、「策士策におぼれる」という言葉が浮かんで消えた。

「……落としたとか落としてないとか、そんな話をするのがめんどうくさかったからよ」

「そうか……。なら単刀直入に言おう。きみと話がしたい。お茶でも飲まないか」

お断りよ、とひとこと言えばすむことだった。それでこの男とはバイバイ。未来永劫、口をきくこともない。しかし、女の心のどこかに、この奇妙な誘い方をする男へのほのかな興味がわいてきてしまっているのも事実だった。そのわずかな分だけ、口ごもった。

「……これから行くところがあるのよ」

「どこへ行くんだ？　俺もいっしょに行こう」

行くところがあるというだけでも、男の誘いを断るのには充分と思われたのに。この男はあきらめるということを知らないのか？

「いっしょに来られたら困るところよ。ついてこないで」

「ふむ」

女は男に背を向けて歩きだす。

ついてこないで、と言ったにもかかわらず、男は女のあとを一定の間隔を維持しながらついてくる。

「ついてこないでと言ってるでしょ？」

「べつにきみのあとをつけているわけじゃない。俺もそっちに用事があるんだ」

「うそ」

「うそじゃない」

どう考えてもデタラメを言っているはずなのに、この男はどうしてこうもまっすぐな視線で自分を見てくるのだろう。

いったいどんな信念が、この男にこんな目をさせるのか。

「どうやら俺ときみの目的地は同じらしい。これも運命の導きだろう」

そして、どうしてこう口から出まかせが言えるのか。

こういう軽々しい男がいちばん嫌いなんだ。

女はもう男と口をきかないと決めた。

そして自分の目的地にむかって大股で歩きはじめた。

それでも、男は女のあとをついてくる。

やがて女の目的の場所が見えてきた。

それは大きなコンサートホールだった。

そこで行われるクラシックコンサートを聴きに来たのだ。

正しく言えば、音楽を聴くことは、彼女の目的ではなかったが——。

「ほら、やっぱり」

コンサートホールのエントランスに続く敷地に女が足を踏み入れたとたんに、男がそう言った。

「やっぱりって……あなたもコンサートを聴きに来たってこと？」

「俺は音楽を聴きに来たんじゃない。でも、俺の目的地もここだ」

「何を言ってるの？　……とにかくここでお別れよ。チケットは一枚しかないの」

女はポケットからコンサートのチケットを取りだすと、これ見よがしにひらひらと振って見せた。

「人気のコンサートだから、当日券も完売。あなたはここから先へは入れないわ」

「そのチケットを見せてみろ」

「え？」

「いいから見せてみろ」

男はやや強引に女の手からチケットを奪い取った。

「ちょっと……！」

「なんだ、酷い席だな」

男はチケットに書かれていた席番号を見てそう言うと、自分のポケットから紙の束のようなものを取りだした。ぱらぱらとめくって、その中から一枚を女に差しだす。

「こっちの席にしろ。オーケストラを聴くときは音の位相も大切だ」

男が差しだしたのは、たしかにコンサートのチケットだった。

女は面食らった。

なぜこの男がコンサートのチケットを持っているのか？　それも、一枚や二枚ではない。十枚以上の束に見えた。そして、音の位相という聞き慣れない言葉が、女の混乱に拍車をかける。

「え？　ちょっとどういうこと？」

「たしかにきみの言うとおり、残念ながらここから先は別行動だ」

男はさも残念そうに、おおげさなジェスチャーをつけてそう言った。

「しかし、かならずまた会うことになる。きみの名前を聞かせてくれ」

普通なら教えるはずもない。

しかし、あまりにも奇妙なことのなりゆきに呆気にとられていた女は、男に聴かれるがままに自分の名前を口にしていた。――まるで魔法にでもかかったように。

「麻生ゆり、よ」

「そうか、美しい名前だ」

そういうと、男はさっさとコンサートホールに入っていった。

片手を上げて受付をくぐろうとした男を、一度は受付の女性が押し止めた。しかし、男が何かを話すと、受付の女性は突然かしこまって男をホールの中へと導き入れた。

女は――ゆりは呆気にとられていたが、男の姿が見えなくなると、ハッと我に返った。

あわてて受付をすませ、ホールに入ると、男にもらったチケットに書かれている自分の席を探した。その席は前から三列目のほぼ中央。

たしかにゆりが自分で用意した二階席の端よりも、数段良い席だ。

あの男はこのコンサートの関係者だったのか？

それでたまたま、早く到着して時間をつぶすためにお茶を飲んでいた自分を見つけて声をかけてきたのかもしれない。

偶然と言えば偶然だけれど、そう考えればことさらに不思議なことでもないように思われた。

ゆりがそうやって、男との奇妙な出会いに自分なりの納得をしたころに、開演のベルが鳴った――。

開演ギリギリになってようやく楽屋に姿を現した紅音也に、マネージャーの高木は烈火のごとく怒り、文句を言った。

けれど、音也は涼しい顔でそれを聞き流すと、ケースからバイオリンを取りだし、演奏の準備に取りかかった。

彼を待っていた指揮者のフリッツ・フォン・マイエルが握手を求めたときだけ顔を上げ、それに応じたが、それ以外はまわりの言葉に耳を貸そうとはせず、ひたすら演奏のための集中力を高めていた。

客電と呼ばれる客席の照明が落とされ、代わりにステージ上が明るくなる。

オーケストラの演奏者たちがステージに入ってくると、観客席からは拍手が鳴り響いた。

やがて、コンサートマスターである第一バイオリン奏者が奏でる「A」の音に合わせて

すべての楽器がそれぞれの音色を響かせる。

おのおのが勝手に音を出すチューニングの様子は、小鳥のさえずりにはじまって、それから森に住む生き物たちがいっせいに騒ぎだしたような錯覚をゆりに与えた。まず管楽器、続いて弦楽器と、一通り音を出し終わると、再びホールには静寂が戻る。

やがて今日の指揮者であるマイスター、フリッツ・フォン・マイエルがステージ上に姿を現すと、聴衆たちは歓喜の拍手で彼を出迎えた。

世界的指揮者の登場によって興奮状態になった満員の観客席の中で、ゆりは一人だけ冷静だった。

ゆりには本来クラシックを聴く趣味はない。

彼女は別の目的を持ってここに来ていた。

あの奇妙な男から、せっかく特等席のチケットをもらったが、おあいにくさま、猫に小判だとゆりは心の中でつぶやく。

クラシックマニアにとっては垂涎《すいぜん》の演奏であっても、クラシックの知識もなく関心も薄いゆりにとっては、退屈であることが否めなかった。

日頃の疲れもあるのだろうか、一曲目の途中からゆりを睡魔が襲う。

こうなると、目立たない二階席の端にいたほうがよかった。

うとうとして船でも漕《こ》いだら、隣の席の客から肘鉄《ひじてつ》を食らいかねない、こんな目立つ席に自分を座らせたあの男がうらめしい。

なんとか一曲目が終わるまで、ゆりは眠気に打ち勝った。

二曲目に入る前に、指揮者がドイツ語で何事かを観客に話しはじめた。

どうやら、ゲスト演奏者を紹介しているらしい。

そういえば、事前に見たプログラムに特別ゲストとして日本人のバイオリニストが紹介されていたっけ。

とくに関心もないので見過ごしていた。

しかし、指揮者の呼びかけによってステージ上に姿を現したそのバイオリニストを見て、ゆりは驚愕した。

それはまぎれもなく、先ほど路上でゆりをナンパしてきた、あの奇妙な男だった。

ゆりはあわててバッグからプログラムをひっぱりだすと、ゲストの名前を確認した。

二曲目の演奏がはじまった。

静かな導入部に続いて、紅音也が演奏をはじめると、ホール内の空気が一変した。

それは、ひとことで言えば王の演奏だった。

奏ではじめたその瞬間から、オーケストラが響かせるすべての音の上に君臨し、他の追随を許さない、絶対的な強者の演奏。

強く、美しく、優雅で、繊細で——。

音楽を表現するすべての形容詞が詰めこまれた豊かな音色が、聴衆を魅了した。

聴衆だけではない。オーケストラの演奏者たち全員が、音也の奏でるバイオリンの音に酔いしれながら自分の楽器を奏でていた。

オーケストラの主導権は指揮者にではなく、音也にあることはだれにとっても明白だった。

フリッツ・フォン・マイエルは青ざめているように見えた。

リハーサルに一度も顔を出さなかったこの日本人の若者は、オーケストラのだれよりも、彼の理想とする演奏を理解し、彼自身でさえ到達し得ない高いレベルでそれを実演している。

彼は、指揮者である自分が、ソリストである紅音也によってタクトを振らされていることを認めざるを得なかった。

しかし、音也は君臨するだけの支配的な王ではなかった。

自分の演奏によって、他の演奏者から最善の音を導きだす、魔術師でもあったのだ。

オーケストラの演奏者たちは、自分でも驚くような演奏を、音也によって引きだされていることを感じていた。

ときに激しく、ときにはこの上もなく穏やかに。

音楽はさまざまな表情を見せながら、ホールの中を満たしてゆく。

クラシック好きな聴衆は、そのほとんどが紅音也の名前だけは知っていた。

しかし、幻の天才ソリストの演奏を実際に聴いたことがあるものはいなかった。

これが紅音也の音楽か。

その場にいたすべての人間が、未知の体験に心を震わせた。

ゆりも例外ではなかった。

クラシック音楽を生で聴くのはほとんど初めてといっていい。

マイスターの指揮による名演奏であるにもかかわらず、一曲目では睡魔に襲われていたゆりだったが、今は興奮状態に陥っていた。

音也の演奏は耳からではなく、全身の皮膚を通してゆりの身体の中に浸透してくる。

音によって肉体を支配されるような、それでいてけっして不快ではなく、むしろ溺れそうになる快楽をゆりは味わっていた。

ゆりはステージ上でバイオリンを弾く紅音也の姿から目を離すことができなかった。

無心にバイオリンを弾いていた音也が顔を上げ、ゆりと目が合った。

音也はその瞬間、表情をゆるませ、ゆりにむかって微笑みを見せた――。

ゆりは一瞬意識が遠のくような感覚に襲われた。

演奏が終わり、万雷の拍手がホールに響きわたったが、その音はゆりの耳には届いていなかった——。

ゆりが我に返ったのは、すべての演奏が終わり、聴衆たちがあらかた席を立ったあとだった。

音也の演奏に酔いしれていたためか、まだ身体には痺《しび》れたような感覚が残っていたが、ゆりはなんとか立ちあがった。

こんなことをしている場合じゃない。私はここにクラシック音楽を聴きに来たわけじゃないんだ。

ゆりは自分を叱咤激励《しったげきれい》すると、バッグと紙袋を持って楽屋を目指した。

ホールわきの通路のいちばん奥に、関係者以外立ち入り禁止のプレートがつけられたドアが見えた。

だれかが見張っているわけでもなく、ドアに鍵もかかっていなかったので、ゆりは簡単に楽屋へと通じる通路に入ることができた。

コンサート終了後のバックステージには、驚くほど人がいなかった。

演奏者たちはそれぞれの楽屋に入り、照明などステージのスタッフたちはそれぞれ後かたづけの仕事に忙しく、侵入者であるゆりを見咎《みとが》めるものはいなかった。

ゆりは紙袋から赤い薔薇の花束を取りだした。

それは万が一だれかに呼び止められた場合の口実として持ってきたものだ。

目的の人物に近づくため、その人物の熱烈なファンを装うつもりだった。

もちろん、どれほど熱心なファンでも、バックステージへの立ち入りは許されていないだろう。花束は渡す相手を告げて受付に託すのが、コンサートなどでの常識であることはゆりも知っていた。

そういうマナーを知らず迷いこんでしまったのだと言えば、すくなくとも自分の本当の目的を隠すことはできる。

しかし、そんな備えをしたことも杞憂《きゆう》だったようだ。

ゆりは首尾良くお目当ての人物の名前が書かれた楽屋のドアの前にたどりついた。

ノックしようとした瞬間、後ろから声をかけられた。

「ほら、かならずまた会うと言っただろう」

音也だった。

ゆりは心の中で舌打ちをした。

どうしてこのタイミングで現れる？

たしかにただのナンパ男ではない、音也の圧倒的な才能を目の当たりにして、ゆりの中での音也への評価は多少上向いた。

しかしステージを降りたこの男の間の悪さと言ったら。

これから自分は大仕事をしなければならないというのに。

「来ると思ってた。俺に会いたくなったんだろう」

「違う」

「じゃあどうしてここにいる？　ここは一般人は立ち入り禁止だぞ」

「私は……」

「なんだ、花束まで持ってきたのか？」

音也はゆりの手から薔薇の花束をさっと奪い取った。

「違う、おまえに渡すために持ってきたんじゃない」

ゆりは手を伸ばすが、音也は花束を返そうとはしない。

「今日の演奏を聴いて、俺以外にこの花束を受け取るのに相応しい人間がいると思うか？」

普通の人間が口にすれば、なんと図々しいセリフだろう。

けれどそれが明らかな事実に裏打ちされている以上、ゆりは言い返すことができなかった。

「いい香りだ。薔薇を選んでくるとは、さすがは俺の運命の女だ」

「人を勝手に運命の相手にしないで！　……とにかくそれはほかに渡す相手がいるんだか

ら、返して」

　ほお、と音也は片方の眉を吊り上げて考えるようなそぶりを見せる。

「自分の気持ちとは無関係に、だれかに花束を渡さなければいけないとなると……何かわけありか？」

　ゆりはドキッとした。

　この男は惚《とぼ》けているように見えて、なかなか鋭い洞察力の持ち主のようだ。たしかに、素直な気持ちに従えば、今花束を渡すべき相手は演奏で自分を魅了した音也に違いない。それをしないのは、ゆりの側にまったく別の事情があるからだ。

「いいから返して」

「気持ちのこもらない相手に渡されたんじゃ、薔薇の花がかわいそうだ。これは俺がもらっておいてやる」

「お願いだから返して。それは必要なものなのよ」

「花だけじゃない、きみも女が下がるぞ」

「関係ないでしょ」

　そのとき、ゆりは微かな女の悲鳴を聞いた。

　それは本当に耳に届くか届かないかの、小さな音だった。普通の人間ならば、まず気づかなかっただろう。

けれど、ゆりはそれを聞き逃さないための訓練を受けた人間だった。

「聞こえたか？」

音也にそう言われて、ゆりは驚いた。

「聞こえたの？」

逆にゆりが質問した。

音也はうなずいた。

なるほど、音楽家の聴覚は、専門の訓練を受けた自分並みに鋭いということか。

感心しているゆりより早く、音也が悲鳴の聞こえたほうへ走りだす。ゆりもあわててそのあとを追った。


ホールの裏口から出ると、そこはホールの建物と、その裏側にあるビルに挟まれた日の差さない場所だった。

先にドアを開けた紅音也は、目の前で人間の身体が透明になり、ガラスのように砕け散るのを目撃した。

「！」

今は無数の破片となって空中に飛び散ったそれが、まだ人間の姿をとどめていたときの顔に、音也は見覚えがあった。

このコンサートを主催する音楽事務所の女マネージャーだった。

音也が開演直前までやってこなかったことをこっぴどく叱咤した女だ。

そして、女の後ろには音也が見たこともない、異形の怪人が立っていた。

怪人の黒い身体のあちこちに、ステンドグラスのような色とりどりの装飾が見えた。

「ファンガイア！」

一瞬遅れてドアから飛びだしたゆりがそう叫んだ。

ファンガイア？

紅音也も現代の吸血鬼といわれるその名前に聞き覚えがあった。

しかしそれは都市伝説のようなものであって、実在するとは考えていなかった。

「これが？　ファンガイア？」

「どいて！」

ゆりは言いながら音也のスーツの襟首をつかむと強引に引き倒し、間髪を入れず手にした特殊合金製の武器をファンガイアに向けて放った。

鋭い刃を持つチェーンのようなその武器は、ファンガイアスレイヤーと呼ばれ、〝素晴らしき青空の会〟からファンガイアハンターに支給されるものだ。

ゆりが放った特殊合金の鞭《むち》が、ファンガイアの身体で弾けると激しい火花が散った。

しかし、ファンガイアは少したじろいだだけで、致命的なダメージは与えられていないように見える。

ハサミムシの特徴を備えたそのファンガイアを、〝素晴らしき青空の会〟ではイヤーウイッグファンガイアと呼んでいた。

ファンガイアには、同族同士でのみ呼ぶことを許される真名があるが、それはほとんどの場合、人間に知られることはない。

イヤーウイッグファンガイアは繰りだされるゆりの攻撃を巧みに避けると、腕に備えた一対のハサミを組み合わせ、逆襲をしかけてきた。

ゆりはすんでのところでその刃を逃れると、横手から鞭を放った。

ギリギリギリッ！

鋼の数倍の硬度を持つファンガイアスレイヤーが、イヤーウイッグファンガイアの両腕を絞り上げる。

敵の身動きは封じたものの、ゆりには次の一手がなかった。

ファンガイアの腕力は人間の数倍から数十倍である。

イヤーウイッグファンガイアは、力まかせにゆりを振り回そうとした。

このままではこちらが地面に引きずり倒される！

ゆりがそう思ったとき、どこから持ってきたのか、資材用の鉄パイプを手にした紅音也が突っこんできた。

音也が手にした鉄パイプは、イヤーウイッグファンガイアの身体にあるステンドグラス状の器官のひとつを突き破った。

初めてダメージらしいダメージを受けたファンガイアはうめき声をあげると、渾身《こんしん》の力で腕に巻き付いた特殊合金製の鞭を引きちぎり、身体に突き刺さった鉄パイプを引き抜いた。

怒りにまかせて音也を襲おうとするも、ダメージのせいか足下がふらつき、ハサミの一撃は空を切った。

「うあああああああ！」

音也が鉄パイプを拾い上げ、再びイヤーウイッグファンガイアにそれを振り下ろす！

しかし形勢不利と見たファンガイアは、その巨体に似合わぬジャンプ力で飛び上がり、となりのビルの敷地へと姿を消した。

先ほどガラス状の破片となって飛び散った女の残骸は、もうどこにも見あたらず、あとには音也とゆりだけが残された。


「大丈夫だったか？」

ゆりは自分の耳を疑った。

ファンガイアとの戦いで、ファンガイア退治の専門家である自分が、一般人からいたわるような言葉を投げかけられるとは。

自分のふがいなさを責める気持ちが沸き上がるが、その一方で、物怖じせず異形の怪物に立ち向かった音也の勇気に感心している自分を感じた。

しかし、ゆりの性格が、本心とは裏腹にキツイ言葉を吐かせた。

「あたしに構わないで」

「けがは？」

音也の声音は優しかった。相手が優しければ優しいほど、ゆりは頑なになる。

「ほっといて。けがなんかしていない。していても、あなたの助けは借りない」

「ファンガイアといったな。きみにはあいつと戦う用意があった……あいつがここにいることを知っていたのか？」

「あなたには関係のないことよ。首を突っこまないほうが自分のためだわ」

幼いころに母を亡くし、戦うことを義務づけられて育ってきたゆりは、優しくされるということに免疫がなかった。そして、秘密裏に遂行されるべき自分の任務に、一般人が介入してきたことで、必要以上に攻撃的な口調になってしまう。

音也はそんなゆりの心情を察してか、それ以上詮索しようとはしなかった。

「わかった。この話はまた今度することにしよう」

「次はないわ」

「いや、きっとある。言っただろ。きみは俺の運命の女だ」

そう言い残すと、音也はホールの建物に入っていった。

音也が姿を消したのと同時に、戦いで傷ついたのか、ゆりの袖口から一筋の血が手のひらへと流れ落ち、ゆりは苦痛に顔を歪《ゆが》めた。

音也がコンサートホールで言い残した言葉は、驚くほど早く現実のものになった。

コンサートの翌日、ゆりはいつものように、カフェ・マル・ダムールでウエイトレスのアルバイトをしていた。

この店はアイドルと犬がなにより好きなマスターが一人で経営している、コーヒーの味にこだわった喫茶店である。

アルバイトはゆり一人。なにかの事情でゆりが休みのときは、マスターが一人で店を切り盛りしている。

それほど混む店ではないので、マスター一人でも不自由はない。

どうしてもウエイトレスが必要というわけでもない店にゆりが雇われているのは、マスターがゆりの人柄に惚《ほ》れこんでいるからだった。カフェ・マル・ダムールにはゆりのような女性こそが相応しい。ゆりがいることで、この店は完全な姿になるとマスターは信じていた。

その月曜の午後、店には常連の客が一人いるだけだった。

その客は静かにコーヒーの香りを楽しんでおり、店にはマスターの好きなおニャン子クラブのCDが、耳障りにならない程度の低い音量で流れていた。

犬好きのマスターが最近飼いはじめた子犬が、カウンターわきのお気に入りの場所で寝そべっている。名前はブルマン。コーヒーの銘柄であるブルーマウンテンにちなんだ名前だ。

そこにドアチャイムをカラコロと鳴らして、紅音也が入ってきた。

「いらっしゃいませ」

反射的に挨拶をしたゆりは、音也の顔を見て硬直した。

「なんで、あんたが」

口には出さなかったがゆりは心の中で叫んだ。

「やっと見つけたぞ。俺の運命の女――」

音也は固まっているゆりに近づくと、すっとその手をとった。

「さあ、お茶でも飲みにいこう」

強引に手を引く音也に、あわててマスターが声をかけた。

「ちょっと待ちなさいよ！　その子はバイト中なの！　それにお茶を飲みに行こうって……ここが何の店だと思っているの⁉」

それを聞いて、音也は店内を見回した。

「寿司屋じゃなさそうだな」

「当たり前でしょ！　ここはカフェ！　カフェ・マル・ダムール！　お茶が飲みたきゃ、ここで飲みなさい！　ただし、その子は仕事中なんだからその手は離して！」

「そうか……」

音也は意外に聞き分けよくカウンター席に腰を下ろした。

「じゃあ、コーヒーをくれ。いちばん苦いやつを頼む」

「……イタリアンローストひとつね」

「ちょっと待って！」

注文を受けてコーヒーを入れようとしたマスターをゆりが遮った。

ファンガイアハンターというゆりの裏の顔は、マスターにも、もちろん他の客にも知られてはいけないものだった。

ここで音也から昨日のことを根掘り葉掘り質問されたら、困ったことになる。

「なあに、ゆりちゃん？」

マスターから聞かれて、ゆりは答えに窮した。

どう説明してよいかわからない。しかも、自分と話しに来たことが明白ではあるが、マスターの言葉に従って注文した以上、音也はこの店の客だ。むげに追いだす理由もない。

ごく短時間の間に、めまぐるしく思考を巡らせた末にゆりが導きだした結論は、自分がこの場所からいなくなればいいというものだった。

「マスター! 急用を思いだしたので早退きしていいですか?」

我ながら酷い対処法だとは思ったが、ぐずぐずしている暇はない。

音也に自分に話しかける隙を与えたくなかった。

「いいけど……」

ゆりがこれほどまでに狼狽《ろうばい》しているのを見たことがなく、マスターは困惑ぎみだ。

今入ってきた男はちょっと型破りな感じではあるが、それほど悪い男には見えない。

なぜそこまでして避けようとするのだろう?

店からそそくさと出ていこうとするゆりを、音也が引き留めた。

「待てよ、ここで昨日の話を蒸し返すつもりはない。それよりもっと有意義な話をしたくてここに来たんだ」

「有意義な話?」

昨日の話をするつもりはないと音也が宣言したことで、ゆりの気持ちに少しだけゆるみが生じる。

「そう、愛についての話だ」

この男の口からは、どうしてこうも易々と歯の浮くようなセリフが出てくるのだろう?

ゆりが辟易《へきえき》していると、それまで店の隅の席で静かにコーヒーを飲んでいた客の男が、
長身を折り曲げるようにして話に割りこんできた。

「ゆりに話しかけるな。ゆりにはおまえと愛を語るつもりなどない」

驚くほど目つきの鋭い男だった。彫りの深い野性的な顔立ち。大きく開けたシャツの胸元からは、引き締まった大胸筋が覗いている。

野性的という言葉はこの男には不充分で、全身からむせ返るような牡《おす》の匂いをぷんぷんと漂わせている。

こんな男に凄まれれば普通はたじろぐところだが、音也は平然と言い返した。

「俺はゆりと話がしたいんだ。おまえこそ、何の権利があって口を挟む？」

「ゆりはな、俺の女になるんだ」

それを聞いてゆりは天を仰ぐ。

この店の常連であるこの男——次狼《じろう》が自分に好意を持ってくれていることにはうすうす気がついていた。

しかし、次狼は見かけによらず……といっては失礼だが、紳士的な男で、直接ゆりに好意をほのめかしたことはなかったのだ。

それが、音也に感化されたのか、なんなのか、いきなり〝俺の女〟宣言である。

ゆりは目眩《めまい》がするのを感じていた。

「ゆりがおまえの女に、なる？」

「ああ、そうだ」

「ということは、まだおまえの女ではないということだな？」

「う……」

正鵠《せいこく》を射た音也の指摘に次狼が言葉を失う。

次狼は強面だが、舌戦ならば音也のほうが一枚上手のようだった。

「片思いか！　かわいいやつだな」

「な、なんだと！」

次狼の息が荒くなる。明らかに狼狽している。

音也をにらみつけながらも、時折ゆりの顔をチラチラと見ているのがなんとも純情で、ゆりはいたたまれない気持ちになる。

「貴様……」

「次狼ちゃん！」

言葉では勝てないと悟った次狼が音也の胸ぐらをつかみかけたとき、マスターが一喝した。

「それにあんたも！　この店の中で喧嘩《けんか》は御法度《ごはっと》！　やるなら店を出ておやりなさい！」

すさまじい剣幕でまくしたてるマスターの気勢に圧されて、つかみかかろうとした次狼も、立ちあがろうとした音也も引き下がるしかなかった。

「イタリアンロースト、お待ちどおさま」

マスターが置いたコーヒーから立ち上る芳《こう》ばしい香《かお》りが、音也の鼻腔《びこう》をくすぐる。

しばしコーヒーを楽しもう。音也はそう思った。

ここに来ればいつでもゆりに会えるのだ。焦ることはない。

ただ、ちょっとやっかいそうな恋のライバルがいることが、気には障ったが――。

1986 𝆑 2008

麻生恵はカフェ・マル・ダムールの窓際の席から、のどかな日射しの降り注ぐ外の景色を眺めていた。

店内には最近マスターのお気に入りだというＡＫＢ４８というアイドルグループの曲が、耳障りにならない程度の音量で流れている。

ここは、恵の母がアルバイトをしていた店だ。

アルバイトをしていたのは恵が生まれるずっと前だったが、物心つくかつかないかのころに、母に手を引かれてこの店に来た微かな記憶が恵にはある。

だから、母亡き今でも、この店に来ると恵はその面影を感じ取ることができた。

さらにもっと前、母が母になる以前の、恵が知らない恵と同世代のころの母の気配が、この店には残っているような気さえした。

マスターはそのころから変わっていない。

昨年、子どものころ以来、十数年ぶりに店を訪れたにもかかわらず、マスターはすぐに恵だとわかってくれた。

もっとも、先に気づいたのはマスターの愛犬・ブルマンだったらしいが。

マスターが言うには、ブルマンは恵に母と同じ匂いを嗅ぎつけたらしい。

ブルマンが懐かしそうな顔をしていたというのだが、飼い主だからといって、犬の表情の見分けなどつくのだろうか。

いつものようにカウンターわきの自分の定位置で寝そべっているブルマンはすでに老犬だったが、母がいたころは、まだ子犬だったのだ。

子犬のころのブルマンのことを思いだそうとしてみるが、本当に幼いときのことで、恵の記憶には霞《かすみ》がかかっていて思いだすことはできなかった。


普段はファッション誌のモデルをしながら、本業のファンガイアハンターの仕事にも追われる恵にとって、このカフェのこの席は、唯一といっていい安らぎの場所だった。

しかし今日は、思いもかけない来客が、恵の平安を破ることになる。

カランコロンとドアチャイムを鳴らしてはじめに入ってきたのは、何度かこの店で見かけたことのある高校生くらいの女の子だった。

少し大きめの前歯がウサギを連想させるかわいらしい少女だったから、恵は記憶にとどめていた。

モデルという職業柄……というわけでもないけれど、恵はかわいい女の子を鑑賞するのが好きだった。

しかし、続けて店に入ってきた客の異様な姿には、ドキッとさせられた。目深にかぶったキャップにサングラス、顔の下半分をバンダナで覆っているので、男か女なのかもわからない。夏を思わせる日射しが降り注ぐ季節だというのに、その人物はダウンジャケットを着こみ、両手はポケットに深々と入れている。どうやら手袋まで嵌《は》めているらしかった。

その出で立ちは、まるで空気に触れまいとするかのようだ。

恵は放射能防護服を連想した。

この空気中に漂っている何かに触れたら、自分は命の危険に晒《さら》される――。

そんな主張が、全身から立ち上るような姿だった。

入ってきた二人は、恵からよく見える窓際の席に陣取った。

恵からは少女の肩越しに、異様な人物が見える位置である。

「マスター、コーヒー二つ」

少女は慣れた調子で注文したが、もう一人の人物はそわそわと落ち着かない様子で、店内の様子をうかがっている。

「少し落ち着いて。何も怖いことなんかないんだから」

少女がたしなめても、その人物のそわそわは静まる気配がない。

やがてコーヒーを運んできたマスターが、好奇心たっぷりに少女に話しかけた。

「静香ちゃんのお友達？」

「そうなんです」

「どうしたの？　どこか具合でも悪いの？」

「いいえ、いたって健康体なんです。でも、渡は自分がこの世アレルギーだって信じこんでいて……」

「この世アレルギー？」

それは耳をダンボにして会話を盗み聞きしていた恵にとっても聞き慣れない病名だった。

「渡にとっては、自分の家だけが安息の場所で、それ以外の、外の空気に触れると健康に害があるって……本気で思ってるんです」

「へえええ」

マスターの相づちは恵の心の声でもあった。

静香という少女とマスターの会話で、恵も大まかな事情をのみこむことができた。

その渡という少年（青年？　いずれにしても女性ではないだろう）は、ずうっと一人きりで生きてきて、自分の家の外の世界に対してまったく免疫がないらしい。

静香としては、なんとか渡に、外の世界に適応してもらいたい。その手始めとして、生まれて初めてのカフェ体験をするためにこの店を訪れたのだ。

見ると渡はコーヒーぐらいは飲んだことがあるらしく、マスクを少しずらして運ばれてきたブレンドコーヒーにおずおずと口をつけている。

「ほら渡、ここがカフェよ。楽しいでしょ」

静香の渡に対する呼び方は、「渡さん」から「渡くん」を経て、今は呼び捨てになっている。年齢は渡のほうが上なのだが、どうしても静香のほうが渡をリードする立場になってしまうのだから、その変化は必然だったろう。

渡の静香に対する呼び方は「静香ちゃん」に落ち着いている。

静香の言葉とは裏腹に、渡はちっとも楽しんでいるようには見えない。

むしろ早く家に帰りたくて仕方がない様子である。

「……まどろっこしいなぁ」

そんな二人の様子を見て、恵はじれったさを堪えきれなくなっていた。

恵はどちらかというと体育会系の人間で、あれこれ考える前に体が動きだしてしまうタイプである。

静香が渡に気を使って、なるべく刺激の少ない方法で社会復帰させようとしているのはわかるけれど、恵にとっては不要な段取りでしかなかった。

恵は席を立つと、完全装備の渡につかつかと歩み寄り、いきなり帽子とマスク、サングラスをはぎ取った。

「わああああああああああ！」

渡は何が起こったのかわからず、必死で顔を押さえて狼狽する。

「なにするんですか、いきなり」

「ほら、なんともないでしょ？」

恵は悪びれずにそう言って、マスクの下からあらわになった渡の顔をまじまじと覗きこんだ。

あら。

きれいな顔してるじゃない、この子。

それが第一印象だった。

少年が青年に変わっていく時期特有の、幼さと精悍《せいかん》さがないまぜになったような、魅力的な顔立ちだった。

「へえ……」

恵が見とれていると、今度は静香が抗議の声をあげた。

「渡に、乱暴しないでください！」

「いや、乱暴っていうほどじゃ……それに、こうしたほうが絶対早いって」

「渡はとってもデリケートなんです！」

渡をかばう静香の様子が、まるで母親気取りなのが恵には微笑ましい。

「まああ静香ちゃん、恵ちゃんは良かれと思ってしてくれたんだから。それにほら、彼、大丈夫みたいよ」

見ると、渡はおそるおそる空気を吸ったり吐いたりしている。

マスターの言うとおり、恵の荒療治が功を奏したのか、渡は早くもマスクなしで外の空気を吸うことに適応したようだった。

「平気……なのかな？」

「当たり前よ。みんなこうして生きているんだもの」

「僕は……みんなとは違うから」

「どうしてそう思うの？　同じよ、みんな。……自分だけが特別製だなんて思わないで」

ニッと笑った恵の屈託のない笑顔を見て静香も納得したようだ。

「そうだ、渡くんの社会復帰、恵ちゃんに手伝ってもらったらどうかな？　きっと頼りになると思うよ」

「恵さん？」

「麻生恵ちゃん。ファッション誌のモデルで、うちの常連さんなの」

初対面の恵を、マスターがさりげなく紹介してくれる。

「ファッション誌の……？」

モデルと聞いて静香は十代の女の子らしく瞳を輝かせた。

なるほど目の前にいる恵は美しく、一般人にはないオーラを放っている。

先ほどまでの警戒心は吹っ飛んで、恵ともっと話をしてみたいという願いがわき起こっていた。

「恵ちゃんは聞いてたわよね、二人の話」

耳をそばだてて話を聞いていたこと、マスターにはばれていたかと、恵は心の中で舌を出した。

しかし、この若く美しい、それでいて少し奇妙なカップルの手助けをするということは、好奇心旺盛な恵にとって、悪い話ではない。

「わかった。お姉さん、一肌脱ぎましょう」

恵がそういうと、静香はわあっと喜びの声をあげた。

渡はまだ不安そうに身を縮め、サングラス越しではなく初めて裸眼で見る外の世界を、警戒心たっぷりに眺めていた。

このやりとりの一部始終を店の片隅の席でコーヒーをすすりながらそれとなくうかがっ

ていた一人の人物がいる。

引き締まった長身、彫りの深い顔立ちに鋭い眼差し。

二十年以上前からこの店に通い続けている常連客、次狼という男だった。

恵たちが三人で遊びに行く計画を立てている、その会話を耳にしながら、次狼はどこか遠いところを見るような目をしていた――。

第三楽章

麻生ゆりは東京タワーの近くにある高級ホテルのエントランスロビーにいた。

彼女の目的は、先日の日本公演が終わったあとも帰国の予定を延ばして滞在しているマイスター、フリッツ・フォン・マイエルに会うことである。

平日の夜で、モダンな装飾で飾られたロビーは人影もまばらで、これならば夕食をすませて帰ってくるマイスターの姿を見逃すこともなさそうだ。

腕時計の針が八時を回るころ、エントランスにタクシーが停まり、大柄なマイスターが降りてくるのが見えた。

ゆりはソファから立ちあがるとロビーに入ってきたマイスターを待ち受けた。

「こんばんは、マイスター。これからお休みになるところ、申し訳ありませんが、少しお時間をいただけませんか？」

ゆりが声をかけると、マイスターの表情が一瞬こわばったように見えた。しかし、すぐにいつもの柔和な芸術家の顔に戻る。

「……構いませんよ。お嬢さんのようなきれいな方にお声をかけられるとは光栄です」

「ここではなんですので」

ゆりはマイスターをホテルの庭園に誘った。

「お会いするのはこれで二度目ですね」

夜の庭園は灯りが最小限に抑えられていて、場所によっては完全な闇に溶けている。

もちろんゆりたち二人のほかには人の気配もない。

「ええ、あなたにお会いしたいと思っていました」

ゆりがやってくることを知っていたと言わんばかりにマイスターが応える。

「コンサートホールでお会いしたときにはお二人でしたが、今日はお一人ですか？」

「……彼は、部外者ですわ」

「そうでしたか……あの名高いバイオリニスト、紅音也が〝素晴らしき青空の会〟のメンバーだったのかと、私は驚いていたのですが」

ゆりは首を振った。

庭園のはずれにチャペルがあった。

このホテルで結婚式を挙げるカップルのためのものだ。

鍵がかかっているはずだが、マイスターは何でもないようにそのドアを開く。

二人は中に入っていった。

チャペルの中はほとんど暗闇だったが、目が慣れてくるとステンドグラスから差しこむ月明かりで様子がうかがえるようになった。

正面には祭壇。

磔《はりつけ》にされた救世主の表情は悲しげだったが、どこか芝居がかっているような気がした。

「……マイスターはすぐに帰国されてしまうのかと思いました」

「ご存じでしょう？　私たちは非常に誇りの高い種族だ。私は一度あなたに退けられた。その決着もつけぬまま、おめおめと祖国に逃げ帰ることは、プライドが許さないのです」

「私が来るのを待っていたと？」

「そう。それにあなたは美しい……」

マイスターの身体に変化が起きる。彼は、美しいステンドグラスを全身にまとった黒い異形の怪物――イヤーウイッグファンガイアへと姿を変えた。

「私はどうしても、あなたの命を吸いたくなったのです」

ファンガイアの身体を彩るステンドグラスにマイスターの顔が浮かび上がる。

先ほどまでの穏やかな紳士の顔ではない、それは血に飢えた野獣の表情だった。

「それは光栄ですけど……虫酸《むしず》が走るわ」

ゆりはザッと距離を取ると、油断なく身構えた。手にはすでにファンガイアスレイヤーが握られている。

ファンガイア撲滅を使命とする〝素晴らしき青空の会〟は世界規模の秘密結社である。

そのヨーロッパ支部から、来日するフリッツ・フォン・マイエルがファンガイアであるという連絡が届いたのは一週間ほど前だった。

ゆりがコンサートホールに赴いたのは、ヨーロッパで何人もの同胞を手にかけた大物を、自分の手で倒すためだったのだ。

敵の武器は鋭い刃を持つハサミ、こちらの得物は金属製の鞭である。

接近戦になっては不利だ。

ゆりはじりじりと間合いをとったが、狭い教会の中では限界があった。

これ以上下がれないというところまで下がると、ゆりはファンガイアスレイヤーを敵にむかって放った！

その一撃をイヤーウイッグファンガイアが避ける。

しかしゆりは標的を逃がさない。空中でヘビのようにうねった金属製の鞭は避けた敵を追い、その身体に巻き付いた。

しかし、手応えは一瞬にして失われた。

ファンガイアを拘束したはずの鞭は、鋭い刃によって断ちきられてしまった。

両腕の自由を同時に奪うような拘束の仕方でなければ勝機はないのだ。

アタックポイントを必死で探すゆりに、ファンガイアが襲いかかってきた。

ゆりは素早い身のこなしでファンガイアの攻撃を避けると、参列者用のテーブルに駆け上がり、その上を走り抜けた。

罰当たりな行為と思ったが、自分の命を守るためとあれば、きっと神様も許してくれるだろう。

ファンガイアの背後に回りこみ、再び鞭を放つ。

刃の付いた鞭で激しく打たれ、ファンガイアがマイスターの声でうめいた。

今だ！

ゆりが戻ってきた鞭をもう一度投げつけると、それはファンガイアの両腕ごと身体に巻き付き、完全に動きの自由を封じた。

これで勝てる！

そう思ったことがゆりの油断につながった。

次の瞬間、突進してきたファンガイアのタックルをもろに喰らい、ゆりの身体は吹っ飛ばされ、チャペルの壁に叩き付けられた――。


ゆりがホテルのラウンジでマイスターに会う数時間前――。

喫茶店カフェ・マル・ダムールのドアチャイムがカラコロと音を立てた。

入ってきた紅音也はキョロキョロと店内を見回すと、あからさまに落胆の表情を浮かばせた。

「ゆりちゃんなら今日はお休みよ」

察したマスターが声をかける。

「休み？」

「なんでも急にすごく大事な用事ができたって。電話の声もこころなしかこわばっていたし、よっぽど大事な用事なんでしょうね」

「大事な用事か……」

音也は回れ右をすると、そのまま店を出ていってしまった。

「なによ。コーヒーくらい飲んでいけばいいのに。……ねえ、ブルマン」

ブルマンはいつものようにお気に入りの場所で寝そべっている。

入れ替わるように、今度は次狼が入ってきた。

舐《な》めるように店内を見回すと、眉間に少しだけしわを寄せた。

「ゆりちゃんなら今日はお休みよ」

察したマスターが声をかける。

「休みだと？」

「なんでも急にすごく大事な用事ができたって。電話の声もこころなしかこわばっていたし、よっぽど大事な用事なんでしょうね」

「そうか……」

次狼はきびすを返すとそそくさと店を出ていった。

「……まったくどいつもこいつも、うちの店を何だと思っているのかしらね」

カップを磨きながらマスターが苦笑いすると、ブルマンが大きなあくびをした。

ファンガイアのタックルをまともに喰らい壁に激しく叩き付けられたゆりは、意識を失っていた。

拘束を解いたイヤーウイッグファンガイアが余裕の足取りでゆりに歩み寄る。

意識を失って横たわるゆりを見て、体表のステンドグラスに浮かび上がったマイスターが舌なめずりをする。

そのとき——。

ガンッ！　と激しい衝撃音がチャペルの中に響きわたった。

再び、ガンッ！

次の瞬間、木製のチャペルのドアが破壊され、どこから持ってきたのか大型シャベルを手にした紅音也が飛びこんできた。

「うあああああああああああっ！」

気勢をあげながら手にしたシャベルを振り上げ、音也はファンガイアに躍りかかった。

予想しない闖入者《ちんにゅうしゃ》にファンガイアは驚いたそぶりを見せたが、音也の一撃は避けられて空を切った。

「紅音也か……」

「マイスター……まさかあんたが化け物だったとはな」

コンサートホールでの一件の後、バイト先に毎日のように顔を出す音也に対して、ゆりは詳しいことを話そうとはしなかった。

それは音也を自分の「仕事」に巻きこむまいと思ってのことだろう。

しかし音也はあの日、ゆりがだれを狙ってコンサートホールに来たのか、ちゃんと察しがついていた。

クラシックに興味がなさそうなゆりが花束まで用意して、あのとき立っていたのは、マイスター、フリッツ・フォン・マイエルの楽屋の前だったのだ。

ステンドグラスに浮かび上がったマイスターは、人前で見せる芸術家の顔を取り戻していた。

「化け物などという侮辱的な呼び方はご勘弁願いたい。私たちファンガイアは誇り高い種族なのだ」

「人を襲うようなやつらは化け物で充分だな」

「それは自然の摂理というものだ。草や木の実、動物の死骸を食べる人間に比べれば、死骸も残さずに命を吸う我々のほうが高尚な生き物だとわからないかね？」

「理屈はいい。俺はあんたが人を殺すところを見た。あんたは俺が退治する」

音也の言葉を聞いて、ファンガイアがふんと鼻で嗤《わら》う。

「おい！」

音也が背後のドアのほうにむかって叫んだ。

音也が破ったドアは開け放たれ、そのむこうに薄暗い庭園が見えている。

「いるんだろ、出てこい！」

音也に呼ばれてドアの陰から姿を現したのは次狼だった。

「俺のあとをつけてるのはわかってたんだ。まったく犬みたいに鼻の利くやつだ」

「べつにおまえをつけていたんじゃない。俺が行こうとする先にたまたまおまえがいただけだ」

「早くゆりを連れていけ！」

「俺に命令するのか」

「早くしろ」

次狼は不服そうな顔をしながらも、壁際に倒れているゆりを抱きかかえ、チャペルの外へと連れだしていく。

イヤーウイッグファンガイアが二人を追おうとするそぶりを見せたが、音也がそれを牽《けん》制《せい》した。

「おまえは行かせない」

「あの女は私の獲物だったのに」

「違う。あれは俺の運命の女だ」

「……紅音也。私はおまえを芸術家として高く評価している。ここで殺すには惜しい男だ」

「ずいぶんと上から目線で言ってくれるものだな」

「なんだと？」

「あんたの指揮はまずまずだが、俺に上からものを言うのは十年早い」

「貴様、私をだれだと思っている？」

「地位や名声がどうであれ、こないだのコンサートであんたは俺の演奏についてくるので精一杯だった。あんた自身がいちばんわかっていることじゃないのか」

音也の言葉は正しかった。

フリッツ・フォン・マイエルは、曲の主導権を音也に奪われたが、それは音也が望んだことではなく、二人の実力差が生んだ当然の帰結だったのだ。

認めたくない事実を突きつけられて、ステンドグラスの中のマイスターの顔が恥辱に染まった。

逆上したイヤーウイッグファンガイアはハサミを振り上げて音也に襲いかかる。

鋭い刃をシャベルで受け止めようとするが、木製の柄はいとも簡単に切断され、音也は武器を失った。

訓練を受けたハンターでも一対一の戦いでの勝率は五割に満たない。

怒り狂ったファンガイアを相手に徒手空拳で太刀打ちできるはずもなく、音也は次第に追い詰められる形になった。

しかし音也は怯《おび》えてはいなかった。

音也は音楽を聴いていた。

猛り狂うファンガイアの動きには一定の律動があり、それは音也の耳には音楽として響く。この音楽は美しくない。どこかに破綻がある。音也はそう感じていた。

だから、その理由さえわかれば、かならず自分に勝機が訪れる。

音也はファンガイアから聞こえてくる音楽に神経を集中した。

すると、ファンガイアの脇腹に大きな傷口が開いていることに気がついた。

それは先日コンサートホールで音也が鉄パイプを突き刺したときにできた傷だ。

ゆりに気をとられた敵の隙を突いてヒットさせた幸運な一撃だったが、ダメージは予想外に大きく、ファンガイアは戦いを放棄してその場から立ち去ったのだ。

ここが急所なのか——。

祭壇に追い詰められた音也にもはや逃げ場はなかった。

ファンガイアはとどめを刺すべくゆっくりと近づいてくる。

音也が頭上を見上げると、十字架に括り付けられた男と目が合った。

伸ばした手の先に、なにか硬いものが触れた。

ファンガイアがハサミを振り上げ襲いかかってくる。

音也は手に触れた硬いものをとっさに握りしめると、ファンガイアの傷口にむかってそれを突き立てた。

「ガッ……！！！」

声にならない悲鳴をあげて、ファンガイアが動きを止めた。

ファンガイアの身体に深々と突き刺さったそれは、背の高い金属製の燭台だった。

音也は渾身の力をこめて、それをもう一度ファンガイアの身体の奥へと押しこんだ。

バキッと何か硬いものが砕けるような感触があって——。

次の瞬間、ファンガイアの身体が粉々のガラスの破片のようになって砕け散った——。


ホテルの庭園は広く、数ヵ所に備えられた照明はその隅々までは届いていなかった。

次狼は抱きかかえていたゆりを、ほとんど暗闇に近い大きな木の陰の、柔らかい下生えの上に横たえた。

あの男は——紅音也はどうしただろう？

生身の人間がファンガイアに太刀打ちできるはずがない。

おそらく今ごろ無残な最期を遂げているに違いない。

次狼が目をつけたゆりを、勝手に自分の女だと言い張る忌々《いまいま》しい男だったが、そのゆりを守るために命を散らしたことだけは褒《ほ》めてやろう。

音也を殺したファンガイアは、追ってくるだろうか？

次狼はファンガイアがことさらにプライドを重んじる種族であることを知っている。
ああもぶざまに獲物を獲り逃した以上、深追いはしてこないのではないか？
それに。
もし追ってきたとしても、自分は音也とは違う。
ファンガイアと戦い、撃退する「術《すべ》」を持っている。
ひとまずはここで落ち着いて、ゆりの意識が戻るのを待とう。次狼はそう考えた。
意識を失っているゆりの横顔を次狼は覗きこむ。
つくづく美しい。
顔だけではない。伸びやかな肢体、発達した筋肉と卓越した運動神経。
優れた肉体は、次狼が女を選ぶときの必須条件だった。
そしてなにより次狼が気に入ったのは、ゆりの匂いである。
ゆりは、次狼がこれまで出会ったどの女よりもいい匂いがした。
慎み深く気高い女の臭気だ。
やはり子孫を残すなら、この女とだ。改めてそう思う。
次狼が女を選ぶときの基準は、その女が自分との間に子孫を残すに相応しいかどうか、
それに尽きた。
優れた子孫を残すには、優れた遺伝子が必要だ。

美しいことはもちろんだが、身体が弱くては子どもを産むという使命に支障を来す。

最近の若い女たちは見栄えを気にして、痩せることばかりに血道を上げている。

彼女たちの骨は脆く、骨盤は小さく、女が生物として持って生まれた役割に対して背を向けているとしか思えなかった。

強く、美しく、元気な子どもをたくさん産んでくれそうな女こそ、次狼の理想であり、ほぼそれを満たしてくれるのがゆりという女だ。

次狼のこだわりには理由があった。

自分の子孫を増やすこと、それが次狼が今生きている目的なのだ。

この世の中に、ファンガイアという人間とは別の種族がいるのと同様に、次狼もまた、人間ではなかった。

彼の種族はウルフェン族という。

人間と獣、二つの貌《がお》を持つ闇の眷属《けんぞく》である。

かつてこの世には、ウルフェン族のほかにもいくつかの魔族の血筋があり、それらはお互いを尊重し人間とも共存していた。

しかし魔族の盟主を自認するファンガイアは、自分たち以外に闇の力を持つ者の存在を許さなかった。ファンガイアの考えは、この世の中には自分たちと、その餌である人間だけが存在すればいいというものだったのだ。

ファンガイアは自分たち以外の魔族を襲い、ことごとくこれを滅ぼしていった。

ほとんどの種族は根絶やしにされたが、ごくわずかにファンガイアの手を逃れ、生き残った者もいた。

次狼がそうだった。

次狼が知っている限り、自分のほかに生きているウルフェン族はいない。

ウルフェン族の女がいない以上、もはや純粋な一族の血統を残す望みは絶たれていた。

しかし次狼は自分たちの一族の血が濃いことを知っていた。人間の女と交配すれば、ウルフェン族の能力を受け継いだ子どもが生まれる。それをくり返していけば、いずれウルフェン族は再興するだろう。

それが次狼の見果てぬ夢だった。

自分が一族のアダムとなる。

そしてイヴには、目の前に横たわっているこの女こそが相応しい。

今、ゆりは次狼の手の届くところにいる。

次狼が望めば、ここで思いを遂げてしまうこともできる。

そう考えると、次狼の中で理性で抑えていたものが弾けて、昂《たか》ぶった。

空を眺めると、そこには大きな満月が、見るものを狂気へと誘う青い光を放っている。

次狼の中で、ウルフェン族の、獣の血が煮えたぎった。

血管がドクンと脈を打つと、筋肉が一気に膨張する。

目は爛々《らんらん》と赤く輝き、歯は鋭い牙となった。

全身の体毛が逆立ち、ざわざわと音を立てながら次狼の肉体を覆っていく。

その姿は、人間が古くから「人狼《じんろう》」と呼んで怖れた存在、そのものだった。

獣となった次狼は、熱く湿った息を吐きながら、横たわるゆりを見た。

ゆりの白い肌が、月の光に照らされて艶めいている。

次狼がただの獣ならば、襲いかかることに躊躇《ちゅうちょ》はなかっただろう。しかし、そうするには次狼は人間でありすぎた。

まさに「人狼」の文字が示すとおり、次狼の中には人と獣の両方が棲《す》んでいた。

獣としての次狼は血と肉を求めたが、人としての次狼はそれを望まなかった。

カフェ・マル・ダムールの薫り高いコーヒーを、次狼は愛した。養分を摂取するという生物としての本能からはほど遠い、香りと苦さを楽しむという行為。それを愛する自分を、次狼は愛おしいと感じていた。

次狼はゆりが欲しかった。

しかし、だからこそ、意識を失っているゆりを無理矢理奪うことは、次狼にはできなかった。

次狼が身中の野獣と格闘しているところに、声がした。

「おまえ……⁉」

音也だった。

この庭園の中を探し回っていたのだろう、息が上がっていた。

次狼は驚いた。

まさかこいつ、ファンガイアを倒したというのか？

だが、もっと驚いていたのは獣の姿の次狼を見た音也のほうだった。

「貴様も化け物か？」

身構えた音也に、次狼は牙を剝《む》き、一声吠《ほ》えた。

音也は少したじろいだように見えたが、引き下がろうとはしなかった。

ゆりを守りたい気持ちがそうさせるのだろう。度胸のある男だ、と次狼は思う。

次狼がウルフェン族であることは、人間に知られてはいけない秘密だった。

普通ならば、この姿を見た人間を生かしておくことはなかった。

だが、次狼は音也を殺す気にはなれなかった。

「俺の……今の姿を見たことはだれにも話すな」

獣の姿から人間に戻ると、いつもの鋭い眼光で音也をにらみつけながら次狼は言った。

「……おまえもファンガイアなのか？」

「違う。だが、俺も魔族だ。ウルフェン族の最後の一人だ」

「このことはだれにも言うな。そうすればおまえを殺さずにいてやる」

音也は次狼の背後に横たわっているゆりの様子をうかがった。

丁寧に横たえられていて、衣服に乱れた様子もない。

音也がここにたどりつくまでに、次狼が卑劣な手段に出ようと思えば充分な時間があったはずだ。しかし、この男はそれをしなかった。音也はそれを信じようと思った。

「……おまえが人間に危害を加えず、小市民としておとなしく暮らすというなら」

音也が使った「小市民」という言葉が可笑しくて、次狼はにやりと笑った。

「俺は、おまえの正体がなんであれ、興味はない」

「それでいい。俺もおまえを殺したくはない。俺は好きになった女のために一生懸命になる男が嫌いじゃない」

「ただし」

横たわるゆりのところに歩み寄り、腰を落とした音也が付け加えた。

「ゆりは渡さない。こいつは俺の運命の……」

「ゆりは俺の子どもを産む」

音也の言葉を次狼が遮《さえぎ》った。

「この女はウルフェン族のイヴになる女だ」

「ウルフェン族……」

次狼の気迫に負けずに音也が言葉を返す。

「どう思おうとそれはおまえの勝手だ。しかし選ぶのは、ゆり自身だ」

「ああ」

次狼は静かにうなずいた。


どれくらいの時間が過ぎたのか。

夜の風の肌寒さに身震いしながらゆりは意識を取り戻した。

そこはホテルの庭園の一角、照明の光の届かない大きな木の陰だった。

自分はファンガイアと戦って……意識を失って……その後どうしたのだろう。

警戒しながら見回したが、周辺に人のいる気配はなく、遠くにホテルの建物の灯りが見えるだけだった――。

1986∮2008

「だめだめ、弓は弦に対して直角にあてるんだ」

洋館の渡の部屋。

静香のバイオリンのレッスンも、もう数回を数えていた。

「こう?」

「そうじゃなくて……肘《ひじ》を、こう曲げて」

渡の手が静香の肘に触れて、構え方を直す。

外界の空気にさえ触れるのを嫌がってきた渡が他人の肌に触れることなど、これまでなら考えられなかったことだ。

渡は自分で自分の変化に改めて驚く。


初めて静香に触れたのは、先週の日曜日のことだ。

その日は、カフェ・マル・ダムールで知り合った恵の提案で、静香と三人で、渡の社会勉強のために、海辺の水族館に出かけたのだ。

これまで自宅を中心にした半径五百メートルほどの範囲から出たことがなかった渡にとって、それは初めての遠出で、大冒険といってよかった。

人が大勢いるところにいきなり渡を連れていくことを静香は懸念したが、恵は荒療治のほうがいいのだと言って決行してしまったのである。

恵の性格は豪快というか、おおざっぱというか、細かいことは気にしない鷹揚《おうよう》なところがあった。

男性のようなサバサバした気の良さが、静香からすればちょっとうらやましい。

こんなふうに自信満々に物事を進められたら、人生って楽しいんだろうな。

いつも笑顔で、快活な恵を見て、静香はそう思う。

恵の言うとおりにしていれば、渡のこともうまくいくような気がした。

恵が乗ってきた赤いカブリオレは、渡にとって初めて乗る自動車だった。

車窓の外に飛ぶ景色は初夏の陽光にきらきらと輝いて見えた。

水族館に着くと、恵と静香のテンションが上がってしまい、渡の社会勉強という当初の目的はどこかへすっ飛んでしまった。

ブルーに統一された美しい館内。

色とりどりの珍しい魚たち。

愛嬌《あいきょう》のあるペンギンたちの仕草。水槽越しに見える水中での見事な泳ぎっぷり。

それらはすべて渡にとって初めて見るもので、たしかに楽しい体験ではあるのだけれど、それ以上に静香と恵がはしゃいでいることが、彼の胸を躍らせた。

人間は、楽しいとこんなに笑顔になるものなのか。

そして、身近な人の笑顔を見ると自分の中にも浮き立つような感情が生まれることを、渡は初めて知った。

館内にアナウンスが流れた。

「まもなくイルカのショーがはじまります。観覧される方は屋外プールにおいでください」

「イルカのショーだって！」

恵が色めき立つ。

「楽しそう！　行こう、渡！」

静香が伸ばした手が自然に渡の手を握った。

それは、渡にとって物心ついてから初めて触れる他人の手だった。

柔らかくて、きめ細かく、やや湿った感触――。

一瞬、身体に電気が走ったようなショックを感じたが、渡はそれを顔に出さないように努めた。

そして、静香に手を引かれるがままに屋外のプールにむかった。

イルカのショーを見ている間、渡はこれまで感じたことのない感情に支配されていた。

この感情は何だろう？　何か大きな扉が開いて、自分はそこから外へ出ていかなくてはいけないのに怖くて怖くて仕方がない、そんな感じ。

怖いのだけれど、飛びだしていきたい気持ちも自分の中にあって、渡は板挟みになっている。

水面から高々とジャンプするイルカたちを見て、静香は歓声をあげる。

一方、渡はせっかくのイルカたちの演技をちっとも見てはいなかった。

かといって静香の顔をまっすぐに見ることもできない。

静香に気づかれないように、横目でその表情をうかがう。

喜ぶ静香の横顔。それを見て、渡は美しいと思った——。


「渡、こうかな？」

渡に直された形を保持したまま、静香はバイオリンを弾いてみる。

静香の奏でる音は、いかにも初心者という感じの心許ない音色であったが、習いはじめたころに比べれば、着実に進歩が感じられた。

「いいよ。そのまま……一定の早さを保って」

静香にバイオリンを教えながら、渡は彼女を観察していた。

黒く瑞々《みずみず》しい髪。

きめ細かな肌。

濁りのない澄んだ瞳。

鼻筋の通った顔立ち。

うなじを覆っている柔らかそうな産毛。

それらは水族館で静香を美しいと感じてから、継続して渡を魅了し続けていた。

首筋から、肩にかけてのライン。それをさらに下にたどっていくと、柔らかな曲線を描く胸の膨らみが眼に入ってくる。

渡はそれを直視することに照れてあわてて視線を逸らす。

弦を押さえる静香の指先に眼を移せば、その細い指で手を握られたときのことを思いだして、鼓動が高鳴ってしまう。

「ちょっと音程が悪いな……自分の音をもっとよく聞いて」

「はい」

普段の生活では静香が保護者だが、バイオリンのレッスンのときだけは二人の立場が逆転した。

渡の教えを受けるとき、静香はきわめて従順な生徒だった。

いつもは年上の姉か、ややもすると母のようにさえ振る舞う静香が、素直な妹に変貌する。その変化が渡を戸惑わせる。

静香といっしょにいるとき、渡は自分の中から今まで感じたことのなかった感情が沸き上がってくるのを感じていた。

渡はそれを抑えることに必死で、ときどき上の空になってしまう。

静香はそんなときに限って、無垢《むく》な瞳でまっすぐに渡を見つめてくる。

「どうしたの、渡？」

「あ……ううん、なんでもないんだ。続けて――」

静香の肌に触れるとき、渡の脈拍数は劇的に上昇する。

もっと触れたい、抱きしめたいという衝動が肉体の内側からこみ上げてくる。

それは思春期の少年が好意を抱いた女性に対して抱く、ごく当たり前の感覚だった。しかし、それまで外界と関わりを持たず、急激に大量の情報を流しこまれた渡は、その感情をどう手なずけていいかわからなかった。

ただ戸惑い、必死で立ち止まることしかできないもどかしさが渡を苦しめる。

静香と出会ったことで、渡を取り巻く世界は美しく色付いた。

しかし一方で、美しい世界の中心にいる、もっとも尊いものに触れられないというジレンマが渡を苦しめていた。

知らなければ苦しまずにすんだのに……。

それなら、知らないでいたほうがよかったのか？

……。


渡は静香が奏でる拙いバイオリンの音を聞きながら自問自答した。


レッスンを終えた静香が渡の洋館を去ってしばらくしたころ、壁に飾られたバイオリン――〝ブラッディローズ〟が、渡の耳にだけ届く微かな音を鳴らした。

その音色は、渡の肉体を構成する細胞の中で普段は眠っている遺伝子を覚醒させる。

「……行かなくちゃ」

普段は使わない扉を開けて、渡は地下室へと降りていく。

地下室はガレージになっていて、鮮血の色をした大型のオートバイ、マシンキバーが置かれていた。

キーを差しこみエンジンをかけると狭いガレージの中に野太いエンジン音が轟きわたる。

「……変身」

内なる声が呼びかけるままにそうつぶやくと、渡の身体は闇に包まれた。血塗られた赤い鎧がその黒い身体を包みこみ、翼を拡げたコウモリのような輝く眼を持つ仮面が装着される。

それは麻生恵が〝キバ〟と呼んだ魔人の姿だった。

キバがオートバイに跨《またが》ると、ガレージの出口を塞いでいた重い扉が軋むような音を立てて開いた。

ブオン、ブオン！

野太いエンジン音を二度ほど響かせて、キバを乗せたバイクは地上へとむかう通路を駆け上がっていった——。

渡が初めてキバに変身したのは、彼が十六歳の誕生日を迎えて間もないころだった。

部屋でバイオリンの天板を削っていた渡の耳に、突然全身の体毛を逆なでするような不協和音が鳴り響いた。

渡は自分の耳を疑った。というのも、その音は壁に飾られた〝ブラッディローズ〟から発せられていたからだ。

だれもさわってもいないバイオリンが独りでに音を奏でるなどということはありえないが、間違いなくその音は〝ブラッディローズ〟の弦が振動することで響いていた。

そして、その音を聞いているうちに、渡の身体に異変が起こりはじめた。

身体の内側から外にむかって突き抜けるような衝撃があり、渡の肉体は隆起した。

身体を包みこむ血塗られた鎧、コウモリの形をした輝く瞳を持つマスク――。

キバに姿を変えた渡は衝動に突き動かされるままに家を飛びだした。

その場所にたどりつくまで、渡の意識は飛んでいた。どこをどう通ってそこにたどりついたのか、渡はまったく憶えておらず、気がつくと目の前でファンガイアが一人の少女に襲いかかろうとしていた。

戦い方は身体が知っていた。

渡の肉体は本能の操り人形となって躍動した。

拳がファンガイアの身体を打ち砕き、高くジャンプして空中から繰りだされたキックが、ファンガイアの身体を貫いた。

目の前で粉々に砕け散るファンガイアを見つめながら、内心渡はそれが自分のしたことなのかを自問していたのだった。

それ以来、〝ブラッディローズ〟の音色に導かれるままに、渡はキバへと変身し人間を襲うファンガイアを退治し続けている。

その行動に対して「なぜ」という疑問はわかなかった。

比べてみるべき「普通」が渡の周囲になかったせいかもしれない。

渡は当たり前のようにファンガイアという存在を受け入れ、キバに変身してそれを倒す自分というものを受け入れてきたのだった。

〝ブラッディローズ〟が不協和音を響かせるとき、渡の耳にはいつでも男の声が聞こえている。

声は渡に「ファンガイアを倒せ」と告げていた。

そして、渡はその声が亡き父のものであるということを、これも当たり前のように知っていた——。

その日も渡は迷うこともなく一直線に目的の場所にたどりついた。

あたかも、見えざるさまざまな手が、彼をそこに送り届けてくれるかのように。

そして、若いサラリーマン風の男を追い詰め、今にも命を吸い取ろうとしているファンガイアを発見した。

渡は――キバは助走をつけてジャンプすると、ファンガイアに飛びかかった。

死を覚悟していたサラリーマン風の男は、助けが来たことを知ると両手両脚で地面を掻《か》くようにしてその場から逃げだした。おそらく自分を助けに来たものがどんな姿をしているのかを見る余裕もなかっただろう。

キバが飛びかかったことによって横転したファンガイアは、すぐさま体勢を立て直して身構えた。

オクトパスファンガイア――大きな頭部の周囲にうねうねと動く何本もの触手を備えた姿はタコのように見える。

「貴様……キバか⁉」

オクトパスファンガイアが叫ぶ。

渡が「キバ」という名を知っているのは、ファンガイアたちが変身した自分をそう呼ぶからだった。

だが、キバとはなんなのだろう。

オクトパスファンガイアと戦いながら、渡は自分が何のために戦っているのかということを考えていた。

渡は自分のことを当たり前のように人間だと思っている。

渡は人間として生まれ、人間として育ってきた。

そしてそれはキバに変身してファンガイアを倒すようになってからも変わらなかった。

もちろん、キバに変身する能力が特殊であることは自覚している。普通の人間は変身したりなどしない。

昔の渡は、自分の変身能力を特技程度にしか考えていなかった。だれでもひとつくらいはあるはずだ。親指が逆方向に異様に曲がるとか、肘が背中で交差できるとか――。

人間である自分が、人間を襲う存在――ファンガイアを倒す。それは渡にとって、なんの疑問の余地もない「正義」だった。

しかしあるとき、そこに微かな疑いが生じてきた。

ファンガイアは、普段は人間の姿をして人間の社会にまぎれこんで暮らしている。

外見では見分けが付かないし、喜怒哀楽の感情や性格も、少々プライドが高い傾向があるだけで、人間となんら変わることはない。

人間の天敵とはいえ、人間と同じように痛みも悲しみの感情もある者たちを、問答無用で葬り去ることに、微かな戸惑いを感じるようになったのだ。

以前はそんなふうにファンガイアに感情移入することもなかった。

ファンガイアはすべて「他者」であり、退治すべき「敵」でしかなかった。

けれど、今やその価値観は揺らぎはじめている。

人間である自分が、なぜキバに変身できるのか？

それを考えることは、おのずと渡が無意識に目を背けてきたひとつの疑念を導きだすことになる。

——自分は人間ではなく、ファンガイアなのではないか？

じつは渡には思い当たる節があった。

渡の父、紅音也は、おそらく人間である。

確たる証拠はないが、幼いころに家に出入りしていた大人たちの様子から、それはなんとなく察することができた。

しかし、母は？

渡は自分の母親の名前さえ知らない。

幼い渡に接してきた大人たちは、だれもが母のことをまるで忌むべき存在のように避けているように感じられた。

彼らにとって渡の母の存在がタブーであったのは、彼女がファンガイアだったからではないのか？

その疑問は、渡の意識の中でずっとくすぶっていたにもかかわらず、表層に浮かび上がってくることを禁じられていた。

しかし、一度意識の表層に浮かび上がってくると、もはや否定し得ない事実としか考えられなくなった。

疑念は渡の心を見えない鎖でつないで牢獄に閉じこめた。

人間でもファンガイアでもない中途半端な存在。

自分は人間にもファンガイアにも、受け入れられないのではないか。

無意識に横たわったその想いこそが、渡の「この世アレルギー」の正体だった。

「自分だけが特別製だと思わないで」

恵はそう言ったけれど、渡は心の中でそれを否定せざるを得なかった。

静香と出会うことで、渡の精神の牢獄の扉は開かれた。

しかし、その足はまだ鎖につながれたままだった。

扉が開かれ、そのむこう側に広がる世界には光があふれている。それが見えているのに、渡はそこに飛びこんでいくことができない――。


渡の思考は、一瞬のキバの隙となった。

オクトパスファンガイアはそれを見逃さず、唸《うな》りをあげて伸びてきた触手がキバの身体にからみつく。

そのときオクトパスファンガイアは渡にとって驚くべき言葉を発した。

「キバはファンガイアの王ではないか！」

その言葉の意味は、すぐには理解できなかった。

しかしそれは渡の疑念を、もっとも認めたくない形で裏付けする言葉だった。

「ファンガイアの王である貴様が、なぜ同胞である我々を――」

叫ぶオクトパスファンガイアに、渡は――キバは無言で拳を叩きこんだ。

オクトパスファンガイアの身体を彩るステンドグラスが砕ける。

しかしその痛みは、渡の心の痛みであった。

やはり自分はファンガイアなのか。

咄嗟《とっさ》に、渡の脳裏に静香の顔が浮かんだ。

自分は、心の扉を開けてくれた静香に対して本能の昂《たか》ぶりを感じている。

あの胸の高鳴りは、人間として、男性として、生まれて初めて異性に好意を持ったことで起きているのだと捉えることもできる。

けれど、もし自分がファンガイアだとしたら。

ファンガイアにとって人間は餌だ。

渡が静香に対して抱いている欲望が、人が美味《うま》そうな料理を見たときに感じる食欲と同じではないと言えるのだろうか？

「違う！」

渡は心の中で叫んだ。

「僕は人間だ」

やり場のない気持ちを拳にこめて、もう一度目の前のファンガイア——同族かもしれない生き物に叩きこんだ。

キバのパンチは相手の急所を撃ち抜いた。

オクトパスファンガイアの身体は粉々に砕け、キラキラと光るガラスの破片となって空中に舞った——。

第四楽章

「ねえ、ドラクエって知ってる？」

ベッドの中から女がけだるそうに話しかけてきた。

「知らないな。どら焼きの一種かなにかか？」

「違うよ、ゲームだよ、ファミコンのゲーム。おもしろいんだって」

「ふうん」

次狼は興味がないからその話題はこれ以上しなくていいというニュアンスを最大限にこめて、相づちを打った。

「今度買ってくるからいっしょにやろうよ。なんか、勇者になって冒険するんだって。おもしろそうじゃない？」

次狼の意図は女に伝わらなかったらしい。

仕方がないので今度は返事をしなかった。

代わりに、ホテルの備え付けの冷蔵庫からミネラルウォーターを取りだし、窓の外に広がる東京湾の夜景を眺めながらぐびぐびと飲み干した。雑に飲んだのでこぼれた水が滴り落ち、体毛を繁らせた次狼の裸の胸を伝っていく。

ウォーターフロントに完成したばかりの高級ホテル。

その最上階の部屋に泊まって夜景が見たいと女が言った。

都内の学校に通う女子大生で、名前はいずみという。次狼とはバーで知り合い、今日で会うのは三回目になるだろうか。

広島で観光客相手に饅頭屋《まんじゅうや》を営む実家が金持ちで、使いきれないほどの仕送りをしてもらっているので金回りが良く、この部屋の支払いもいずみがすることになっていた。

次狼にはつねに複数の恋人がいた。

日本人離れした彫りの深い顔立ち、長身で引き締まった身体。クールで無口だがときおり垣間見える教養の深さ。多くの女が次狼に夢中になった。いずみはその中の一人だ。

ウルフェン族の最後の生き残りであり、一族のアダムとしてできるだけ多くの子孫を残し、再興を志す次狼としては、セックスを求めて自分に言い寄ってくる女たちを拒む理由はなにもなかった。

自分に群がってくる多くの女たちの中から、じっくりと品定めすればいい。

そしてその中の最高の女が一族のイヴになるのだ。

現在のところ、その最有力候補となっているのは麻生ゆりだったが、もしかしたらゆり以上の女に巡り会うことができるかもしれない。

ゆりに惹かれながらも、次狼は夜ごとさまざまな女と一夜をともにしていた。

今ベッドの中で先ほどまでの激しい交わりの余韻に身をまかせているいずみも、一般的な価値観で言えばそうとういい女の部類に入るはずだ。

金回りが良く、結婚してくれたら何でも買ってあげると口癖のように言う。

金持ちの娘にしてはわがままなところがなく、素直な性格をしていた。

プロポーションは人並みだが、まつげが長くすっぴんでもマッチ棒が乗るのが自慢だ。

鼻筋の通った顔立ちが美しい。

凡庸《ぼんよう》な男であれば、申し分のない結婚相手になるだろう。

しかし、次狼は人間とは違う感覚で女を選んでいた。

「ねえ次狼、あたし、結婚したら次狼の子どもがいっぱい欲しいな」

シーツの中ではにかみながらいずみが言う。

それは次狼のもっとも望むところだった。

しかし、それは無理だと次狼は心の中で答える。

かわいそうだが——。

ウルフェン族である次狼の嗅覚は、人間の数万倍鋭く、癌細胞《がんさいぼう》の臭いさえ嗅ぎ分けるといわれる犬の嗅覚よりもさらに鋭敏なものだ。

臭いを嗅いだだけで、相手の女が出産に適した体質かどうかがわかってしまうのだ。

ゆりとは交わったことはなかったが、その匂いから、ゆりが多産に適した体質であることは間違いなかった。

いずみの場合は、頑張って二人がせいぜいだろう。それ以上は受精も出産も望めない。

普通の男と結婚して、普通に幸せな家庭を築くのであればなんの問題もないが、次狼の望みはそうではなかった。

次狼にとっては残念なことだが、いずみ自身のことを考えれば、そういう普通の人生を送ることのほうが幸せに違いなかった。

いずみがいい女であるだけに、惜しいと思いながらも、次狼は心の中で思っていることを口には出さず、いずみのほうを向いて微かにフッと嗤《わら》って見せた。

いずみにはそれで充分だったようで、柔らかそうな笑顔を見せるとそのまま眠ってしまった。次狼の相手をした女は、たいていすぐに寝てしまう。

満足している女に、わざわざここで不合格通知を渡して失望させる必要などない。

いずれそれとなく脈がないことを匂わせれば、いずみは自分から身を引くだろう。

そういう賢さをいずみはちゃんと持っている。

あとあと、やっかいなことになりそうな女には最初から手を出さない。

その違いも、次狼は嗅覚で判別できると思っていた。

もっともその場合の「臭い」は、いわゆる鼻で嗅ぐ臭いとはちょっと違うものだった。

次狼の条件にかなう女性はなかなかいない。

人間よりもはるかに長い人生の中で、次狼は数えきれないほどの女と出会い、別れてきたが、次狼のほうから女が不幸になるように仕向けたことは一度もなかった。

ひとときだけでも相手の女が幸せな夢を見られればいい。

そしてそれを裏切らない形で、自然に別れる。

そのために何をすべきか、何をしてはいけないのか、多くの経験から次狼はそれを学んでいた。

翌日。いつものように次狼はカフェ・マル・ダムールのドアチャイムを鳴らした。

店内に客は一人。

紅音也である。

次狼は微かに眉間にしわを寄せた。

マイスター、フリッツ・フォン・マイエルの一件以来、次狼と音也の距離は微妙に縮まっていたが、ゆりを挟んでの三角関係がある以上、この男が煙たい存在であることに変わりはない。

そのゆりは暇を持て余してか店の奥で椅子に座って文庫本などを読みながら、ときどき音也から送られる秋波をさりげなくかわしている。

カウンターにいる音也から二つほど席を空けて次狼がスツールに腰掛けると、足下にいた子犬のブルマンが小さくあくびをした。

「マスター、ブレンドを」

ややあって、マスターがコーヒーカップを運んできた。

いつもながら、コーヒーにうるさい次狼も満足する薫り高いコーヒーだった。

「次狼ちゃん、今日のブレンド当ててみてよ」

マスターが退屈しのぎにブレンドの豆の種類を聞いてきた。

次狼はカップに顔を近づけ、鼻をひくひくさせると、しばらく考えて答えた。

「コロンビア、ブラジルをベースにキリマンジャロとロブスタを加えてあるな」

「お見事！　さすが次狼ちゃんね」

次狼が当たり前だと言わんばかりの顔でコーヒーをすすっていると、離れた席から音也がにじり寄ってきた。

「おまえの自慢の鼻も今日は詰まっているみたいだな」

「なんだと」

「たしかに今日のブレンドは、コロンビア、ブラジルをベースにキリマンジャロとロブスタを加えてある。しかし」

音也は自分のカップに顔を近づけてくんくんと臭いを嗅ぐ。

「微かにマンデリンも混じっている。どうだ、マスター？」

「やーね、いいかげんなこと言わないでちょうだい。マンデリンなんか……」

そこまで言いかけて、マスターが「ん？」という顔になった。

「ゆりちゃん、今日のブレンド用の豆、あなたが挽《ひ》いてくれたわよね？」

「はい？」

ゆりが怪訝《けげん》そうな表情で顔を上げた。

「最初にブラジルを挽く前に、何を挽いた？」

「ストレート用の……たしかマンデリンだったと思いますけど」

その答えを聞いてマスターの顔に、イタリアンローストのエスプレッソをがぶ飲みしたような苦みが走った。

「音也ちゃんが正解よ」

「ほうらみろ」

得意げな音也を次狼が悔しそうににらむ。

豆を挽くとき、マスターは種類を変えるごとにコーヒーミルの掃除をしていた。そうしないと、前に挽いた豆がわずかながら次の豆に混ざってしまうからだ。

しかしゆりにはおおざっぱなところがあり、黙っているとミルの掃除をしないで次の豆を挽いてしまう。

今日もきっとそうだったに違いない。

しかし驚くべきは音也の嗅覚だった。ミルの中に残ったほんのわずかのマンデリンの香りを、本当に音也はコーヒーの中から嗅ぎ分けたのだろうか？

勝ち誇った音也の顔を眺めながらマスターは不思議な気持ちになった。

もっと驚いていたのは次狼である。

よもや自分が人間に後れを取るとは思ってもみなかった。

もっとも、答えた豆の種類以外の違和感は、次狼も感じ取ってはいた。しかし、それは取るに足らないもののように思われたし、そもそも次狼はマンデリンを好まないため、あえてそれを言わなかったのだ。

この男にはときどきこうして驚かされる。

当てずっぽうで言ったのかもしれない。そうかもしれないとは思っても、確信がなければ言えないことを、この男は堂々と言ってくる。自分の直感によほど自信がなければ、そういう態度はとれないだろう。

腕のいいバイオリニストだとは聞いたことがあるが、五感のすべてに関して、人間にしては並外れた感覚の持ち主なのかもしれない。

芸術家というものはそういうものなのだろうか。

次狼は芸術を愛する男だった。

ウルフェン族の寿命は人間より長い。

その長い人生を退屈なものにしないために、次狼は音楽を聴き、美術を好み、文学をたしなんだ。

それは、人間よりも獣に近いとされ、本能のままに生きようとするウルフェン族の血に対しての、次狼なりの抵抗だったのかもしれない。

ウルフェン族が獣じみた野蛮な種族だと見なされることに、次狼は抵抗があった。唯一の生き残りである自分が、その風評を変えるのだという想いもある。

次狼がこれまで触れてきたさまざまな芸術、それを生みだした芸術家たちは、みな驚くほど繊細で鋭敏な感覚を持っていたと聞く。

音也もまたそんな人間の一人なのだろうか。

そう考えると、心の中に音也への畏敬の念が微かに湧いてくるが、次狼はあわててそれを振り払う。

この男はそんな上等なものではない。

つねに人を上から見下ろそうとする態度の悪さ、自分の言動に対する無責任さ、ちゃらんぽらんな性格。

こんな破綻した人間が、少しぐらい優れた感覚を持っていたとしても、尊敬に値するわけがない、いや、むしろ軽蔑するべき存在だ。

なによりも、こいつはゆりを狙っている。自分の恋敵ではないか。

次狼は心の中でそうつぶやくと、先ほどの豆の種類当てに勝利して、にやけながらゆりを眺めている音也をもう一度にらみつけた。

そのとき、カウンターの中でガチャンと音がして、ゆりがきゃっと叫んだ。カップを洗っていたゆりがそれを落として割った音だった。

「すみません」

「まあ、しょうがないわね。次から気をつけて」

「はい。本当にすみません」

平謝りのゆりにマスターは寛容だったが、じつはゆりが食器を壊したのは一度や二度ではない。二日にいっぺんぐらいの割合で、ゆりはカフェ・マル・ダムール店内の何かを破壊していた。

それはひとえにゆりの性格がおおざっぱなことと、彼女が極端に不器用であることに起因していた。

「……ひょっとしてあなた」

「はい？」

「ちょっと待ってね」

何がはじまるのかとカウンターで興味津々に待っているゆり、音也、次狼のところへ、マスターは一丁の豆腐を持ってやってきた。

「これ、お箸でつまみ上げて食べてみて」

ゆりは口を尖らせた。

「バカにしすぎですよ。いくら私が不器用だからってお豆腐ぐらい」

しかしゆりがどれだけつまみ上げようとしても、豆腐はボロボロと崩れるばかりでいっこうに口には入らない。

「やっぱり……」

納得しているマスターの横で、音也は以前見たテレビドラマのことを思いだしていた。不器用な刑事がいて、箸で豆腐をつまめないという、これにそっくりなシーンがあったはずだ。

不器用なくせに真面目で負けず嫌いで、豆腐をつまみ上げようとムキになっているゆりの姿は、その刑事と同じだ。

いや、不器用だからこそ、真面目でムキになるのだろう。器用で要領よくやれる人間というのは、こんなつまらないことに熱くなったりしないものだ。

言うまでもなく、ゆりの不器用さは音也にとって愛すべき美点であり、それは次狼にとっても同じことだった。マスターも同様だったが、店の備品を壊されるという実害を受けているという点では、愛すべきとばかりも言ってはいられないのが、音也たちとは違う点だったが。

ゆりの母は技術者だった。

なにかのきっかけで、ファンガイアと戦う組織〝素晴らしき青空の会〟を知り、そのメンバーとなって、対ファンガイア兵器の開発に従事していたのだ。

今、ゆりがファンガイアと戦うとき手にしている武器――ファンガイアスレイヤーも、ゆりの母がその開発に携わったもののひとつであり、ゆりにとってはいわば母の形見とも言うべきものだ。

母はファンガイアとの戦いに大きな功績を残したが、それが仇《あだ》となった。

ファンガイアに命を狙われ、襲撃を受けて命を落としたのである。

ゆりがまだ十歳のときだった。

昼休みに友人とゴム跳びをしていたところに蒼白な顔をした教師が走ってきて、早く家に帰るように言われた。

父を早くに亡くしていたゆりは、叔父と叔母に付き添われて病院に行き、すでに息のない母と対面した。

美しい死に顔だったが、白い布で覆われていた首から下には酷い傷を負っていたことが大人たちの会話から察せられた。

両親を失ったゆりは、いっしょに暮らそうという叔父と叔母からの申し出を丁重に断り、最低限の金銭的な援助だけを受けながら、一人で暮らしていた。

だれかから救いの手を差し伸べてもらうのは、自分の弱さを認めるような気がして嫌だったのだ。

親がいなくても自分で自分を律してきちんとやっていける。身の回りのことも自分で全部できる。それを証明して見せたかった。

そんな彼女の一途さは、不器用であるがゆえの真面目さによるものだった。

亡くなった当時は単に『事故』としか聞かされていなかった母の死因が、ファンガイアの襲撃によるものだと知ったのは、ゆりが高校を卒業したときだった。

一人暮らしのゆりのもとに、〝素晴らしき青空の会〟のエージェントが訪れたのだ。

〝素晴らしき青空の会〟は、もともとファンガイアの被害者の遺族たちが多く参加する組織である。

有能な技術者の娘であるゆりも、メンバーの候補として早くからリストアップされていたが、高校を卒業したことで、晴れてメンバーとしてスカウトされたのだ。

母の本当の死因や、ファンガイアによる被害の実態を知って、ゆりは即断した。

組織のメンバーとして、自分と同じような境遇の人間をこれ以上増やさないために、自分を捧げよう。

なによりそれは亡き母の遺志を継ぐことになる。

ゆりの決意に迷いはなかった。

組織の研修所に入り、ファンガイアと戦うための技術を身につけた。高校時代は陸上部に所属して中距離走をやっていたこともあり、体力には自信があったし、実際素質があったのか、戦闘技術の飲み込みも早く、身体的な能力は同僚たちの中でも抜きんでた存在となった。

ファンガイアハンターとしてのゆりの欠点は、目の前の敵との戦いに夢中になり、客観性を見失いがちなところだった。

そればかりは彼女の一途な性格によるもので、なかなか改善されなかったが、それでも実戦に投入されてからの実績は、周囲の目を見張らせるに充分なものだった。

ファンガイアハンターの中にはコンビを組むものもいたが、仲間を頼まずソロでのバトルを好んだのも、他人に頼ろうとしないゆりらしかった。

そうして、今までゆりは一人で戦ってきたのだ。

ファンガイアハンターの生活は孤独であることが多い。

家族や親しい友人は、戦いに巻きこまれる可能性があって危険だからだ。

ファンガイアはプライドの高い性格のものが多いので、戦闘員ではないハンターの家族などを狙ってくることは少なかったが、それでも安全とは言い難い。

〝素晴らしき青空の会〟のメンバー同士は、同じ志を持つものではあっても友人と呼べるような存在であることは少ない。

ゆりもまたハンターの例に漏れず、家族もおらず、友人と呼べるような友人も持たない生活を送っていた。

もっとも、他人に頼らず、群れることも良しとしないゆりの性格からすれば、そのほうがかえって性に合っていて気楽だったのかもしれない。

生活と、最低限の社会とのつながりを持つためにはじめたバイト先のマスターだけが、唯一日常的にゆりの話し相手となる存在だった。

だから、最近ゆりに盛んにアプローチをかけてくるようになった二人の男の存在に、ゆりは戸惑っていた。

喫茶店で働いている以上、もちろん客と話をすることもあるし、多少親しくなることもある。しかし二人の態度は度を越している。

いや、正確に言えば、問題なのは紅音也なのだ。

次狼はずうっとこの店の常連客で、たしかに自分に対して興味を持っているようなそぶりもあって、気になってもいた。だが、音也が現れるまでここまで露骨な態度を取ることはなかったのだ。どちらかと言えば、自分に対してはシャイな態度を取ることが多く、最近妙に大胆なのは、絶対に紅音也から、変な悪影響を受けている。

次狼という男は、とにかく正体不明で、端正かつ野性的なルックスと男ぶりの良さから、周囲に女性の影がつねにまとわりついている印象だった。

働いているのかもわからなかったが、マスターがどこからともなく聞きつけてきた噂によれば有閑夫人のパトロンが数人いるらしく、金に困っているような節はない。たしかに、いつも新しいこぎれいなシャツを身につけて店にやってくる。

ごくまれに次狼の知り合いとおぼしき女性が店を訪れることもあったが、女性関係が派手だという噂にもかかわらず、痴話喧嘩や修羅場のようなこともなく、上品にお茶を飲んで帰っていく女性ばかりで、ゆりは不思議に思ったものだった。

そんな次狼だから、自分に対して興味を抱いている様子があっても、彼が不特定多数の女性に対して抱く関心の一部なのだろうとしか思えなかった。

それにゆり自身、今はファンガイアと戦うことだけしか考えられず、恋愛のような感情の入る隙間は自分の心のどこにもないと思っていた。

紅音也はといえば、これはもう出会いからして最悪である。

ありきたりなナンパ、歯の浮くような言葉の数々――。

たしかにコンサートホールで聴いたバイオリンの演奏には心を打たれたが、芸術家として優秀であるということと、自分に男性として関わってくることとは話が別だ。

気になるのは、なりゆきとは言え、ファンガイアとの戦いに音也を巻きこんでしまったことだった。

一般人を戦いに巻きこむことは、プロフェッショナルなファンガイアハンターとしては、いちばんしてはいけないことである。

そのことだけでもゆりは自己嫌悪に陥るのだが、あろうことか、ファンガイアとの戦いでゆりは音也に助けられてしまった。

そのことがあれ以来、いたくゆりの自尊心を傷つけている。

ただ、考えてみると音也の強さというのは不思議だった。

普通なら、一般人はファンガイアの姿を見ただけで震え上がり、戦うどころの話ではなくなる。音也も初めてファンガイアを見たときは多少驚いたようだったが、すぐに手近なものを武器にして立ち向かっていった、あの度胸の良さはなんだったのだろう。

ゆりは音也のことを唾棄すべき人間だと思いながらも、どこかで興味を抱いている自分を認めざるを得なかった。

それに——。

マイスター、フリッツ・フォン・マイエルを仕留めるために出向いたあの夜のことも、ずっと気に掛かっている。

自分はマイスターが正体を現したファンガイアに追い詰められ、ふがいなくも意識を失ってしまった。

普通ならばどう考えても殺されているところだ。

しかし自分は生きていた。

だれが自分を助けてくれたのだろう?

個別に活動している同僚のファンガイアハンターたちにその気配はない。

あとからマスターに聞いたことだが、あの日、店に立て続けに音也と次狼が現れ、自分を探していたという。

もしかして、音也か次狼のどちらかが自分を助けてくれたのか？　あるいは二人が力を合わせて？

ゆりは何度かその疑念を二人にぶつけてみようと思ったが、尋ねても二人ともまともな返事をしてくれないような気がして——また一方で、ファンガイアハンターでありながら一般人に救われたということを事実として認めたくはなくて——結局、聞けずじまいのままになっていたのだった。

思えば、恋愛どころか他人である男性に興味を持つということすら、ゆりにとっては初めての経験だった。

ゆりは美しかったから、周囲に好意を抱く男はいたかもしれないが、ゆり自身が放っている人を寄せ付けないオーラのようなものが、男たちを遠ざけてきたのだ。

もちろん、今自分が抱いているのは単なる興味であって、恋愛感情に結びつくようなものではないけれど。

特殊な生い立ちのせいで人並みの青春を過ごさずに生きてきた自分に、二人の男のせいで、これまで感じたことのなかった気持ちが芽生えつつあるのはたしかだと、ゆりは感じていた。

そんなことを考えながら、カウンターで微妙な距離をとりつつ、他愛もない言い争いをしている音也と次狼を眺めていたゆりの手から、またしてもグラスが滑り落ちて、ガチャンと派手な音を立てて砕けた——。

1986 ∮ 2008

「どうしてもっと早く気がつかなかったかなぁ」

「ごめん、つい夢中になってて」

「それは僕も同じだけど」

「ほんと、謝るから……悪いけど急いで」

静香は渡がペダルを漕ぐ自転車の荷台に腰をかけ、振り落とされないように渡にしがみつきながら、心の中で手を合わせた。

今日は静香に友人との約束があって、そのためにバイオリンのレッスンはいつもより早く切り上げると、はじめから話してあったのだ。

それなのに二人ともつい夢中になって、気がついたときには友人との約束に間に合わない時間になってしまっていた。

泣きそうになりながらあわてて帰り支度をする静香に、自転車で駅まで送っていくと言いだしたのは渡のほうだった。

「うれしいけど……二人乗り初めてだよね、大丈夫？」

「たぶんね」

静香は自転車の荷台に横向きに腰掛けようと思ったが、そうするとバランスが悪くなる。スカートだったけれど、渡が楽なように跨《また》いで座ることにした。しかし、そんな静香の心遣いは無用だったようだ。

渡がペダルを踏むと、自転車は驚くほどなめらかに滑りだした。

その自転車は、渡の行動範囲を少しでも広げたほうがいいという静香の提案で、二週間ほど前に二人で選んで買ったものだ。

渡はこれまで自転車に乗ったことがなかったが、静香といっしょに練習すると、あきれるくらい呆気《あっけ》なく乗りこなしてしまった。

二人乗りだって初めてなのに、ちっともふらつかない。

もっと苦労してくれればよかったのに……ちょっとつまんないな。

静香としては、母親が初めて自転車に乗る子どもに教えるように、手取り足取り世話を焼くつもりでいたので、拍子抜けもいいところだった。

初めて出会ったときの渡は、まるで無垢《むく》な子どものようで、そんな彼に少しずつ世の中のいろいろなことを教えてあげることが静香の愉しみになる……はずだった。

ところが、一度扉を開いてやると渡は意外に器用で、成人するまで家に閉じこもって生きていたとは思えないほどの適応力を見せた。

とくに運動神経がよく、ボウリングもバッティングセンターも、生まれて初めて経験するとはとても考えられないスコアを叩きだし、そのたびに静香は、もう少し下手っぴだったらいいのに、と心の中でちょっとふてくされる。

自転車だってそうだ。乗れるようになってから、まだ二週間ほどだというのに、こうして自分を後ろに乗せて危なげなく走ることができてしまう。

なんかずるい。

渡の腰にしがみつきながら、静香はその背中を眺めた。

渡がなにかをうまくできるようになるたびに、静香はほんの少しの寂しさを感じるようになっていた。

これって……息子の成長とともに子離れを迫られる母親の感じなのかな?

はじめのうちはそんなふうに考えていたけれど、最近どうもそれだけではないらしいということに気がついた。

渡が自分に対してどこかよそよそしい。

バイオリンのレッスン中に目が合いそうになると、さりげなく視線を逸《そ》らす。

会話が弾みそうになると急に黙ってしまう。

私の演奏がなかなか上達しないから、怒っているのかな？

自分では順調に上達しているような気がしていたのだけれど、渡にとってはものたりないのだろうか？

いろいろ考えても結局答えは見つからない。

そして、渡にそういう態度をとられればとられるほど、静香は渡のことばかり考えてしまうのだった。

初めて会ったときから、美しい青年だとは思っていた。弱々しくて頼りなく、何かしてあげたいという気持ちをそそられた。

けれど、最近の渡は自分でいろいろなことができるようになり、今日のように静香を助けてくれることも多い。

もはや静香に守られるだけではない、男性らしい逞《たくま》しさも身につけてきている。

今、目の前にある渡の背中は、広くて頼もしい。

静香の心の中に、一瞬だけ渡に抱きすくめられる自分のイメージがフラッシュのように浮かび上がり、彼女はあわててそれを打ち消した。

自分と渡はそういう関係ではないのだ。

今までも、これからも。

渡は私のバイオリンの先生で、私は渡が世の中に出ていくための先生。

それ以上でもそれ以下でもない。

でも、だとしたら、渡が自分で何でもできるようになって、静香の役目が終わったら、その関係はどうなるのだろう？

静香がバイオリンを教えてもらっている間は、それでも先生と生徒としての間柄は続くだろうけど、それも終わってしまったら？

静香は渡がいない自分の日常を想像しようとしてみたが、できなかった。心にぽっかりと穴が空いてしまいそうな気がしたからだ。

自分は渡に何を求めようとしているのだろう？

その答えはなんとなく想像が付いたけれど、言葉にしてしまうと壊れてしまいそうな気がして考えるのをやめた。

今のままの形が、いつまでも続かないかな。

人と人の関係がずうっと変わらないということなど、ないとわかっているけれど——。

静香は渡の腰にしっかりと捕まり、落ちないようにするふりをして、その背中に自分の身体を押し当てた。

目をつぶると自分の鼓動が高鳴っているのがわかる。

風が、静香の頬を気持ちよく撫《な》でていった。

○

昨日洗車をしておいて本当によかった。

麻生恵は、晴れやかな空の下、空港へむかう高速道路を走りながらそう思った。

カーラジオはアメリカ合衆国大統領選挙で初の黒人大統領が誕生するかもしれないというニュースを伝えている。

恵のもとに〝素晴らしき青空の会〟の日本支部から、アメリカから帰国するハンターを迎えに行ってほしいと連絡が入ったのはゆうべのことだ。

新たに支部のメンバーとなる仲間を薄汚れた車に乗せることは、恵のプライドが許さなかった。

つねに美しく、かっこよく。キラキラのピカピカでいたい。

それが恵のモットーだった。

ファッションモデルを生業にしているくらいだから、容姿の良さには自負がある。

メイクや服装だけでなく、身の回りのものもつねにきちんとして、隙を見せないようにしたい。それが恵の願望だった。

だが、素養はあるものの、恵の願望を阻害している大きな問題がある。

それは彼女の生まれ持っての性格だった。

父親に聞くと、どうやら母も同じような性格だったらしいので、遺伝もあるのかと恨む気持ちもあるのだけれど、男手ひとつで育てられたという環境の影響も大きいのだろう。

ひとことで言えば、恵の性格はおおざっぱなのだ。

細かいことにこだわらないといえば聞こえはいいが、男っぽくサバサバとしたところがあり、女性的な繊細さ、優雅さからかけ離れていることが彼女の悩みの種だった。

だから、ふと思い立って昨日車を近くのコイン洗車で洗っておいたのは、我ながらファインプレーだったと思う。

これで新入りからだらしない性格だと舐《な》められずにすむ。

そう、第一印象が大事なのよね。ましてや相手が男性であるなら。

空港にやってくる新しいハンターが男だということしか恵は知らされていない。

目印は〝素晴らしき青空の会〟のメンバーに支給されている特殊な機能を持った腕時計だけだったが、それで充分だ。

ハンター同士であれば、特有の匂いでわかる。

相手がどんな男かはわからない。願わくは、多少は見栄えのいい男であってほしいとは思うけれど、ハンターという仕事の性格上、今まで会った男性ハンターは身も心もマッチョ系が多く、恵の好みではなかったので、今回も期待はしないでおこうと思う。

そういえば、カフェ・マル・ダムールで出会ったあのかわいいカップル——渡と静香は最近どうしているだろう?

渡のような、きれいな顔立ちをした男性が本来の恵の好みのタイプなのだ。

かといって、まさかあの子ウサギのようないたいけな静香から渡を横取りしようとは思わない。そもそも彼は頼りなさすぎて、守ってあげたいという母性本能はくすぐられるものの、恋愛対象としてはとうてい考えられなかった。

「ごっついおっさんじゃないといいけどなー」

恵はそう独りごちながら、のろのろと走る前の車を抜くために、車線変更のウインカーを点滅させた。

思えばもう恋愛なんて何年もしていない。

恋愛したい、とはつねに思っているけれど、恋ならなんでもいいってわけじゃない。

恵は求められる恋愛よりも、求める恋愛がしたいのだ。

美しい恵に言い寄ってくる男はいくらでもいるから、その中から比較的条件のいい男を見つけて手を打つことはいつでもできた。

でも、そんな恋愛が退屈なことは目に見えている。

自分がちやほやされるのは、自分が若くて美しいからだけれど、それがいつまでも続くとは思えない。

女の賞味期間は短いのだ。

その貴重な時間をつまらない恋愛に費やしてしまったら、時間が経ってから後悔したって遅いのだ。

できれば、人もうらやむような大恋愛をしたい。

その相手は、恵自身が胸を焦がせる相手でなくてはダメだ。

寝ても覚めても忘れられなくなるような、夢中になれる男でなければ。

とはいうものの、そんな男がそう簡単に目の前に現れてくれるわけがない。

そうこうしているうちに、貴重なはずの女の旬を、もうずいぶん消費してしまった。

時間が経てば、焦りが募る。

焦れば焦るほど男を見誤るのではないかと疑心暗鬼に襲われて慎重になり、ますます恋愛の機会は遠のいていく。

何この悪循環。

これってシンデレラコンプレックスとかいうやつ？　それとも白馬の王子様症候群？

病名は何であれ、恵の悩みは深かった。

空港のロビーに着いた恵の目は、新しいハンターを探すことも忘れて一人の青年に釘付けになった。

その男は、明らかにそこにいるその他大勢の人間たちとは違うオーラを放っていた。

仕事柄、男性モデルも数多く見てきたが、彼の美しさの前ではそのだれもが色を失うだろう。いや、観賞用の美しさと比較することが間違いなのだ。彼の美貌は内面的な何かに裏打ちされた揺るぎないものに見えた。

一時見とれたあとに、恵は彼の左腕に見覚えのある時計が嵌《は》められていることに気づいた。

まさか——。

我が目を疑ったが間違いなかった。

その男こそが、アメリカから帰国した〝素晴らしき青空の会〟のファンガイアハンターだった。

「お迎えに来ました。麻生恵といいます」

組織の名前を言わずにそう声をかける。

相手も、恵が腕に嵌めている女物の多機能時計を見れば、仲間であることを認識できるはずだ。

「ありがとうございます。名護啓介《なごけいすけ》です」

「駐車場に車を停めていますので……」

そう言いながら、恵は名護が両手に持っている荷物のひとつを請け負おうと手を伸ばしたが、それはやんわりと拒否された。

「女性に荷物を持ってもらうわけにはいきません」

西洋流の女性へのいたわりの精神か、名護自身のポリシーなのか、いずれにせよそのスマートな態度は彼に対する恵の好感度を上昇させた。

はにかむように口元だけ少しほころばせる笑い方も佳い。

男は派手に笑うべきではないと恵は常々思っていたが、名護のような美しい男ならなおさらである。

はじめから、新しいハンターに対して、どんな男だろうという興味を抱いてやってきた恵だったが、予想をはるかに超える好物件を前にして、いやが上にもテンションが上がってしまう。

もちろんその気持ちを外に出すわけにはいかなかったが。

「ロサンゼルスからはどれくらいかかりました？　お疲れになったんじゃない？」

「十一時間ほどですが、快適でしたから」

あくまでも、日本におけるファンガイアハンターの先輩としての威厳を保ちつつ、少しでも多くの情報を相手から引きだそうと恵は腐心した。

「この仕事は、いつから？」

「研修所に入ったのは十七のときです」

研修所というのはアメリカの施設だろうか？　それとも日本の？　いずれの可能性もあった。

〝素晴らしき青空の会〟は世界各国に拠点を持っているから、いずれの可能性もあった。

質問を重ねると自分の中で膨張している好奇心を名護に悟られるような気がして、恵は「そう」とだけ返事をした。

しかし名護の返事から得た、たったひとつの情報だけでも、恵の詮索の種としては充分だった。

研修所に入った年齢は自分より一年早い。

高校を卒業してから入会し研修をはじめるのが普通だから、なにか特別な事情があったのだろうか？

あれ、アメリカの学年制ってどうなっていたっけ？

思いを巡らせながら、恵は自分の車に名護を乗せると、組織から指示されている、名護の新しい住居となるマンションを目指してスタートさせた。

高速道路を疾走しながら、少しずつではあるが、名護と恵はお互いの情報を交換しあった。

名護が恵より二つほど年上であること。父親の仕事の都合で、十二歳のときからアメリカ在住であったということ。その父はもう亡くなり、母親がアメリカに一人で住んでいるということなど。名護は母を一人残して日本に帰ってくるのは心配だと話した。名護ぐらいの年齢の男性が、素直に母親への愛情を口にできるのは珍しく、恵はそのことに好感を抱いた。

やがて話題はアメリカにおけるファンガイア事情に移った。

ファンガイアの出現比率、事件の発生の度合いは日本とほとんど変わらない。

アメリカ人は個人で銃を所持していることが多く、襲われたものの中には武器を頼みにファンガイアに立ち向かうものもいるが、ほとんどの場合、それは無駄な抵抗に終わると名護は話した。

ファンガイアを退治するには身体の一部にあるコアを破壊するほかなく、コアの場所は個体によって異なる。それ以外の場所をどれだけ銃で撃とうと、なんの意味もないのだ。コアの場所を初見で見抜き、一撃で破壊することは、訓練を重ねたファンガイアハンターでも難しいことだった。

しかし――。

アメリカで開発された、ある対ファンガイア兵器によって、状況は一変しつつある、と名護は言った。

その兵器のことは恵もそれとなく聞いている。

ファンガイアとの戦いの様相を革命的に変える、新しい兵器。

名護の帰国は、じつはそれを日本に持ちこむことが大きな目的だった。

その兵器さえあれば、人間はファンガイアに対して圧倒的な優位に立つことができるという。

一刻も早くそれを見てみたいという気持ちが、恵の中にもあった。

しかし恵がそれを見る機会は、名護をマンションに送り届け、日を改めて彼が〝素晴らしき青空の会〟の日本支部に訪れてからになるだろう。

恵が運転する車は高速道路を降りて一般道路へと走りでた。

名護が住むことになるマンションは、〝素晴らしき青空の会〟の拠点に近い場所にあり、それは恵の住居のすぐそばでもあった。

車がまもなく目的地である街に入ろうかというときに、名護が寄り道をしてほしいと言いだした。

「丘の上から街とそのむこうに海を見渡せる場所があるんです。渡米する前、僕はこの近くに住んでいて、両親とともにそこによく立ち寄りました。その場所に、もう一度行ってみたいんです」

マンションに着いてしまえば、新しい生活のためのさまざまな雑用に追われるだろうし、仕事がはじまれば忙殺されることが目に見えていた。

子どものころのノスタルジーに浸れる時間は今後しばらくは取れないだろうと考えると、恵をつきあわせることに申し訳なさは感じるが、ぜひ今このタイミングで行ってみたいのだと名護は言った。

「お安いご用よ」

あまりおしゃべりではなさそうな名護が、思いもかけずプライベートな部分を垣間見せてくれたことがうれしくて、恵は名護の申し出を快諾した。

どうせ車ならば三十分ほどの寄り道である。

二人を乗せた車は直進するべき交差点を右折して、名護の思い出の場所へとむかった。


坂の途中にあるコインパーキングに車を停めて、恵と名護は丘を登っていった。

丘は閑静な住宅街になっていて、なるほど散歩するにも良さそうだし、思いもかけぬ場所に洒落《しゃれ》たカフェなどもあり、デートコースにさえなりそうな雰囲気を備えていた。

モデルである恵と、美しい顔立ちの名護が二人で歩いていると、まるで映画のワンシーンであるかのようなリアリティの欠如した空気が漂った。住宅街は夕餉《ゆうげ》の買い物にむかう主婦などで人通りが多かったが、二人はとにかく人目を惹《ひ》いた。

他人からはおそらくカップルに見えているに違いない。

恵は悪い気はしなかった。

名護と自分となら、釣り合いが取れている。考えようによっては、自分のほうが相応しくないのでは、と感じるほど名護の容姿は完璧である。

恵はひととき、自分が同僚のハンターを新居まで送り届ける任務の途中であるということを忘れて、美男美女の恋愛ストーリーを妄想した。

やがて視界が開けて丘の頂上が見えてきた。

そこは整備されて、ベンチなども置かれた公園になっていた。

名護の言葉どおり、眼下の街並み越しにそのむこうの海まで見渡せる絶景のポイントだった。

こんな場所が近くにあるのに知らなかったなんて。もっと早く知りたかった。

恵が話しかけても、その言葉は名護の耳には届いていないようだった。

「すてきな場所ね」

名護は海を見ていた。

夕日を反射する海がまぶしく、少し眼を細めた名護の表情を、恵はうっとりと眺めた。

男のまぶしそうな表情はつねにセクシーである。

この意見にはおそらく大多数の女性が賛同するだろう。

まして美形である。

恵は危うく舌なめずりしそうになる自分を必死で抑えた。

「小学生のころ、ここによく来ました。父と母に手を引かれて」

名護が独り言のようにそう言った。

ああ、亡くなったお父さんと、アメリカに置いてきてしまったお母さんのことを思いだしているのね。ここでのことはさぞや美しい思い出なのでしょうね。

 しかし、父と母のことを口にする名護の顔には、ただ美しいだけの思い出を回想しているだけとは思えない、微かな憂いが浮かんでいた。

健在であるらしい母はともかく、父は亡くなっているのだ。それも無理ないことかと、恵は納得した。

そんな表情もまたいい。

名護の横顔をうっとりと眺めながら、恵は思った。

なんかいいんじゃない、こういう感じ？

今日会ったばかりだから確信は持てないけれど、男と女の物語のプロローグとして、目の前の景色は悪くないような気がした。

恵はさりげなく自分の胸に手を当ててみる。

心臓の鼓動はいつもとそう変わらないような気がしたけれど、ときめきの片鱗《へんりん》のようなものは感じられているかもしれない。

恵が出会う男性には、初対面から恵の美しさに目を奪われ、好奇心……もっと有り体に言えば下心を隠そうともしないものがたくさんいたが、名護がそういうタイプではないことも好印象だった。

同僚のファンガイアハンターというのは、身近すぎる気がしたし、仕事に恋愛を持ちこむのはどうかとも思うけれど、ここまできたらそれもささいなことだ。

「よし、この出会いは大事にしよう」

名護と同じ夕日を眺めながら、恵は心の中でそうつぶやいた――。

第五楽章

「照井荘」

今にも崩れそうな木造アパートのモルタルの壁には、ペンキでそう書かれていた。

そのひとつの部屋のドアを、人目につかずに監視できるむかいの公園のベンチに、麻生ゆりは座っていた。

午後の日射しがまぶしかったが、大きく枝を広げて繁った公園の立木がそれを遮《さえぎ》り、心地よい木漏れ日をページの上に投げかけてくれていた。

昨日、〝素晴らしき青空の会〟の支部からゆりに下された指令は、照井荘というアパートの202号室にすむ男を調査せよというものだった。

すでに何人か犠牲者を出しているファンガイアの仮の姿が、その男であることが濃厚らしい。

恵はカフェ・マル・ダムールのバイトに休みを入れて、午前中から現場に赴いた。

最初にドアの前まで行って中の様子を探ったところ、部屋の中は静まりかえっている。

不在なのか眠っているのか。確かめたかったが、もし在室だったとしても、わざわざ本人に会って「あなたはファンガイアですか」と尋ねるわけにもいかないので、ゆりはアパートの前で、なにか動きがあるまで張りこむことに決めたのだ。

しかし、しばらくたってもアパートのドアは開く気配がなかった。

たとえば、ゆり自身が囮《おとり》になるなどの方法でこちらからしかけてもよいのだが、それも相手がどんな人物か見極めてからのほうがスムーズに事が運ぶ。多少じれったいけれど、まずは相手が動くまで待つしかない。

早く出てきてくれないかな。それともどこかに出かけているのだろうか。

ゆりがそう思いながらアパートのほうを見ていると、暑い季節だというのに革のジャンパーを着た長髪の男が建物に近づいていくのが見えた。

その男を見た瞬間、ゆりの全身に悪い予感のようなものが走った。

ファンガイアだ——。

ゆりの経験がそう告げていた。

支部から聞いている、部屋の主の外見的特徴とは異なっている。聞いているよりも身長が高いし、ターゲットはサラリーマンのはずだ。長髪も革ジャンもありえない。

ということは、ターゲットに接触しに来た別のファンガイアということになる。

案の定、革ジャンの男は照井荘の階段を上り、２０２号室にむかっていった。

ドアの前に立つと、男は立ち止まったが、そのまま中には入らず、くるりときびすを返すと階段を降りていく。

男がアパートの敷地から出てきたとき、男の顔がこちらを向いた。

ゆりはあっと息を飲んだ。

男の顔に見覚えがあったからだ。

〝素晴らしき青空の会〟のデータでは、その男の正体はライオンファンガイアであるとされていた。

そしてライオンファンガイアは、ゆりの母が殺された襲撃事件の首謀者であると記録に残されていた。

直接その男の顔を見るのは初めてだったが、ゆりは資料として保管されているその男の写真を何度も見ていた。けっして見間違えることはない、自分の親を殺した相手の顔――。


幸い目が合うということもなく、男は元来た道を足早に帰っていく。

ゆりはあわてて文庫本をバッグにしまうと、男のあとを追った。

あの男だけは、ライオンファンガイアだけはこの手で倒す。

それはファンガイアハンターになったときからの、ゆりの宿願だった。

男はアパートの裏手にむかい、すぐに路地を曲がったのでゆりからは見えなくなった。

できれば尾行には気づかれたくない。

気取られぬ程度の距離で追いかけ、男の曲がった路地まで来たが、すでに男の姿はどこにもなかった。

ゆりは歯を食いしばった。

ライオンファンガイアは警戒心が強く、簡単にその足取りをつかむことができないと、支部の資料に書かれていたのを思いだした。

おそらくもうあとを追うことはできないだろう。

ライオンファンガイアは一族の中でもとくに凶悪、凶暴なファンガイアとして知られている。これまでにゆりの母が殺害された襲撃事件のほかにも数多くの事件を起こし犠牲者を出していた。

〝素晴らしき青空の会〟は必死に彼を仕留めようとしたが、戦闘力が高く、ハンターから巧みに姿を隠すクレバーな面も兼ね備えており、多くのハンターが返り討ちに遭っていた。

もし一対一の戦いになっても、倒せる可能性はきわめて低かった。

本来ならば他のハンターの応援を頼むのが組織の推奨する戦い方だ。しかし、できることなら、自分の手で倒したい。

ゆりはアパートへ引き返した。

ライオンファンガイアは見失ったが、あの部屋の主を追っていれば、たどりつける可能性が高いと考えたからだ。

ゆりは202号室のドアの前に立った。

ふと郵便受けを見ると、小さく折りたたんだ紙が挟まれているのが見えた。

ゆりの胸が早鐘のようになりはじめた。

郵便受けから紙を引き抜き、手にとって開いてみると、予想どおり、それはライオンファンガイアから部屋の主へのメッセージだった。

「狩りをする」

まずそう書かれていた。

次に明日の日付と夜の九時、隣町の廃工場の場所。

「狩り」とは何を意味するのだろう？

ファンガイアが集団で人を襲うのだろうか？

そういう行動の記録は〝素晴らしき青空の会〟のデータベースでは見たことがない。

ともあれ、明日の夜この場所に行けば、母の仇に会える。

思わず拳に力が入り、メモはゆりの手の中でくしゃくしゃになった。


次の日は朝からカフェ・マル・ダムールでバイトをした。

前日、マスターには休むと告げていたが、事情が変わったと話すとマスターは快く働かせてくれた。

ハンターとしていつ何時仕事にかりだされるかわからない。しかし、基本的にボランティア集団である組織から渡される報酬金だけでは食べていけない。それを考えると、稼げるときに稼いでおきたかった。それに、じっとしていると今夜の戦いのことを考えてしまい、緊張感や不安に襲われる。働いていたほうが気がまぎれる。

働く時間の変更がある程度許されているという点で、カフェ・マル・ダムールはゆりにとって理想の職場といってよかった。

「うちの店は基本、暇だからね。ゆりちゃんの働きたいときに働いてくれればいいわよ」

そういってくれるマスターにはどれだけ感謝しても足りなかった。

出勤はしてみたものの、いつものごとく客は少なく、暇そうにしていると音也がやってきた。

「このかけがえのない一日のはじまりに相応しい、薫り高いブレンドをひとつ」

またそういう気取った言い回しをする。コーヒーひとつ普通に頼めないのか、この男。

「今日はあいつはいないのか？」

音也が言っているのは次狼のことだろう。

そういえば、いつも音也よりも先に店に来てお決まりの席に陣取っている次狼の姿が今日は見えない。昨日も、その前の日も来ていなかった。

常連といっても、もちろん毎日いるわけではないのだが、来ない日というのはそれ以前の会話の中でそれとなくそういう話題になることが多かったので、理由もわからず何日も店に来ないというのはちょっと珍しいことだった。

「いないほうが喧嘩をしなくてすむからいいんじゃない？」

「喧嘩じゃない。あいつが一方的に吠えて、かみついてくるだけだ」

「あたしにはどっちもどっちに見えるけど」

「あいつはこの店の装飾品みたいなものだからな。いないとなんとなくものたりないな」

音也が次狼のことをそんなふうに言うのは、ゆりにとっては意外だった。

二人は案外仲がいいのかもしれない。

「まあ、あの野良犬のことはどうでもいい。それよりどうした？　なんだか顔色が悪いぞ。何か心配事でもあるのか？」

音也にそういわれてドキッとした。

顔には出さないように努めてはいたものの、今夜母の仇であるファンガイアと対決するのだと考えると、不安と緊張で胃がきりきりと痛む。

それを見事に見抜いたのは、さすが音也だった。

「べつに。なんでもないわ」

「そうか？　合格発表前の受験生みたいな顔をしてるぞ。心配事があるなら俺に言え。きみは俺の運命の女なんだからな」

「ほんとうに何でもないってば」

「さては……ガスコンロをつけっぱなしにして家を出てきてしまったか？　それなら俺が見てきてやろう」

「違うってば」

人の気持ちを見抜く感覚は鋭いが、言うことは相変わらずいいかげんだ。

しかし、こうやって音也と他愛ない話をしていると、硬くなっている心が解きほぐされるような気がする。

その意味では、音也という存在に感謝した。

どうせなら次狼と二人そろっていつもの微笑ましい小競り合いでもしてくれたら、もっとよかったのに――。

もしかしたら、最悪自分は今夜の戦いで命を落とすかもしれない。

最後に会話をするのが紅音也というのは、どうかと思ったが、考えてみればゆりにはほかに話をしたい相手もいなかった。

ならば、今のこの会話を楽しんでおこう。

軽薄でいいかげんな男だけど、自分を気遣ってくれている。

「愛している」という音也の言葉を真に受けるつもりはない。

けれど、たとえ口先だけでも愛していると言ってくれる人間がいるのは幸せなことだと、ゆりは思った。

午後九時。

メモに書かれていた時間がやってきた。
ゆりは五分ほど前からその場所にいて、物陰に身を潜《ひそ》めている。
まだだれもやってくる気配はない。
本当にライオンファンガイアは現れるのだろうか？
メモに書かれていた「狩り」とは何を意味するのだろう？
自分は一人で母の仇を討つことができるのだろうか？
さまざまな疑問がゆりのなかで渦を巻いた。
考えても仕方がない。なるようにしかならないのだ。
ただ一点、自分は自分が倒したいと思っている相手に全力で挑めばいい。
そう考えて、ゆりは波立つ心を落ち着かせた。
やがて、半壊した工場の建物の外から、オートバイのエンジン音が聞こえてきた。
大型バイクの野太いエンジン音だった。
ゆりは緊張で身体をこわばらせた。
足音がして、人影が建物の中に入ってくる。
破れた天井から差しこむ星明かりに、入ってきた人物の顔が見えた。
それはあまりにも意外な人物で、ゆりはあっと声が出そうになるのを必死で抑えた。
その場所に、最初にやってきたのは、次狼だった——。

一週間ほど前。

次狼は町で一人の男と出会った。

長髪に革ジャンを着こんだ男――ライオンファンガイアの仮の姿である。

男は次狼を知っていたし、次狼もまた相手を知っていた。

そしてお互いの正体も。

かつて次狼は自分の一族をファンガイアによって壊滅させられた。

ファンガイア同様、ウルフェン族もまた魔族としての高い誇りを持っている。

敵に背中を見せて逃げることは、その誇りに傷をつける行為だ。

それでも次狼が生き延びたのは、ひとえにウルフェン族の血を絶やさないためだった。

それ以来、次狼は身を隠すように生きてきた。

自分はファンガイアに狙われている。

もし見つかったら、今度こそ、ファンガイアはウルフェン族の血を根絶やしにするために、自分を殺そうとするだろう。

それを避けるためには、屈辱的な生き方も仕方ないと思われた。

だが、ファンガイアは執拗《しつよう》に次狼を探し求めた。

そして、ついにその居場所をつかんだのだった。

「ガルルだな」

革ジャンの男は、次狼をウルフェン族としての名で呼んだ。

「見つけたぞ。おまえは逃げられない」

それは次狼もわかっていた。

ファンガイアに所在を知られてしまった以上、次狼が生き延びる方法はひとつしかなかった。

それは自分を殺しにやってくるファンガイアを倒すことだ。

そうすれば、またしばらくの猶予が与えられる。

これまでに何度か、次狼はそうやって生き延びることをくり返してきた。

見つかっては倒して生き延び、見つかっては倒して生き延び——。

戦いの中で次狼は鍛えられ、並のファンガイアなら返り討ちにできるという自信を身につけていた。

だが、今度は相手が悪い。

ファンガイアの中でも勇猛で知られるライオンファンガイア。

この男は、一族が絶滅寸前に追いこまれたあの戦いでも、どのファンガイアよりも多くの戦果を上げていたはずだ。

この相手と戦って、勝てるのか？

だが、後戻りはできなかった。

魔族にとって、プライドはなによりも大切なものだ。

逃げたとして、追われることよりも、ウルフェン族の名を汚すことが、次狼にとっては許されないことだった。

ライオンファンガイアは次狼に一週間の猶予を与えて、戦いの時間と場所を指定した。

死ぬまでに、思い残すことのないようにしろという意思表示だったが、それも次狼にとっては屈辱的なことのように感じられた。


次狼が約束の時間にやや遅れてその場所に着くと、建物の奥の暗闇になっている場所から革ジャン姿の男が現れた。

「よく来たな。臆病な犬はしっぽを巻いて逃げるかと思ったが」

「ウルフェン族は貴様が考えているよりずっと高貴な種族だ」

「だが……その一族の歴史も今日で終わる」

「俺は死なない。おまえを倒し、生き延びて、一族を再び蘇《よみがえ》らせるんだ……俺の血でな」

「見果てぬ夢か。哀れなものだな」

「……なんとでも言うがいい」

「夢は夢のまま終わる。おまえはここで死ぬんだ」

男の言葉とともに、背後から数人の男たちが現れた。

さらに次狼は背後にも気配を感じた。

間違いなく、現れた男たちのすべてがファンガイアだった。

次狼は愕然とした。

一対一の戦いだと思っていたのだ。

いや、次狼の勝手な思いこみというわけではない。

魔族同士が前もって申し合わせたうえで戦う場合、それはつねに一対一の決闘であるということは、暗黙のルールだった。

「貴様……」

「悪く思うな。俺はおまえと決闘をするつもりはない……俺たちにとって、これは狩りなんだ」

「まさか……ファンガイアがここまで落ちぶれていたとはな」

「貴様にどう思われようと構わない。俺が欲しいのは、ウルフェン族の最後の一人を殺したというその事実だけだ」

男が合図のように片手を上げると、次狼を包囲した数人の男たちが、いっせいに黒い異形の怪人に姿を変えた――。

そのやりとりを、ゆりは物陰で聞いていた。

ウルフェン族？

それは聞き慣れない言葉だった。

次狼は人間ではないのか？

その疑問の答えはすぐに明らかになった。

ファンガイアたちに囲まれた次狼が、空にむかって大きく咆哮すると、全身の筋肉が膨張し、蒼《あお》い体毛がその身体を覆う。次狼は狼のような貌を持つ魔人へと変身していた。

衝撃の事実ではあったが、ゆりはそれをなんとかのみこんだ。

そして自分のするべきことを理解した。

ゆりはファンガイアスレイヤーを身構えると物陰から飛びだした。

鞭のようにしならせた鋭い刃を身近にいたファンガイアに打ち付ける！

ひるんで隙ができたところへ、剣の形に変えた武器を一気に突き立てた。

「ゆり!?」

蒼い体毛に身を包んだモンスターが、次狼の声で叫んだ。

ゆりは敵を牽制《けんせい》しながら、次狼の側へと移動した。

「いっしょに戦うわ」

「やめろ、この戦いは危険すぎる」

モンスターになっても、ゆりを気遣う気持ちは次狼のままだった。

「あの男が、私の母を殺したの」

ゆりはまだ人間の姿のままでいるライオンファンガイアに視線を送りながら言った。

「あいつが……」

ゆりの一途な性格を考えると、退けと言っても聞かないことは目に見えていた。

「……死ぬなよ、俺はおまえを守ってやれないかもしれない」

「私はハンターよ。そんな気遣いはいらない」

そう言うと、ゆりは再びファンガイアスレイヤーをかざして敵にむかっていった。


想定外の敵が現れたことで、ファンガイアたちはわずかに動揺したようだった。

しかし、リーダーである革ジャンの男は冷静だった。

ファンガイアハンターとはいっても、人間の力はたかが知れている。一人ウルフェン族の男に加勢したところで大勢に影響があるはずもない。

自分たちはウルフェン族の討伐に力を注ぐべきだ。

男は革ジャンを脱ぎ捨てると、全身に力をみなぎらせた。

肉体が膨れあがり、猛々しいライオンファンガイアがその真の姿を現した。

手下のファンガイアたちは、ウルフェン族相手に苦戦している。

さすが、長い年月を生き延びてきた一族の最後の生き残りだ。

ライオンファンガイアは部下たちに女ハンターとの戦いをまかせると、自らウルフェン族の男との戦いの輪に飛びこんだ。

ライオンファンガイアの体当たりを喰らって、次狼は壁に叩き付けられた。

そこに手下のファンガイアが襲いかかってくる。

次狼は鋭い爪でその脇腹を引き裂いた。

急所をえぐられたファンガイアは、ガラスの破片になって砕け散った。

ファンガイアの急所は、嗅覚でわかる。

そこを狙って正確に破壊すれば、ファンガイアに勝つことは難しいことではない。

次狼には相手の身体を切り裂くことができる牙と爪があった。

ただし、嗅覚を生かすには相手との距離を縮めなければならない。

接近戦にならなければ、急所を嗅ぎ当てることはできなかった。

ファンガイアの中には遠距離から攻撃できる飛び道具を持った者がいて、その場合は次狼の戦いは苦戦を強いられるが、幸い今次狼を取り囲んでいるファンガイアには遠距離攻撃の能力を持つ者はいないようだ。

次狼は一人、また一人と手下のファンガイアを仕留めていった。

ライオンファンガイアさえ倒せば、活路は開ける。

しかし、雑魚との戦いで次狼のスタミナは確実に削り取られていった。

ゆりもまた必死で戦っていた。

敵が複数になったら撤退しろというのはファンガイアハンターの鉄則である。

まして、相手は一人や二人ではない。

しかし、これは敵に背を向けていい戦いではなかった。

たとえ自分の命に代えても、ライオンファンガイアを討ち果たすことができればゆりは本望だった。

そのために、自分の持っている能力のすべてを尽くして目の前のファンガイアに立ち向かっていった。

次狼という味方を得たのは偶然だったが、ゆりにとっては幸いだった。

次狼がモンスターだったなんて。

そのことに対する戸惑いはまだある。

しかし、今はそんなことはどうでもいい。

一人きりの戦いを覚悟していたところに思いもかけず仲間を得たことが心強かった。

体内に深々と差しこまれた次狼の腕が引き抜かれると、ファンガイアの身体が爆砕された。

早くも次狼の敵はライオンファンガイアだけになっていた。

その予想外の実力に、ライオンファンガイアも驚きを隠そうとはしなかった。

「やるもんだな」

「俺を……舐《な》めるな」

ゆりが参戦し、数体を引き受けてくれたことで多少は軽減されたが、それでも何人ものファンガイアと戦ったことで次狼は疲弊していた。

おそらく、こうして自分の体力を削ることが敵の狙いだったのだろう。

自分の勝利をより確実なものにするために。

圧倒的に不利な状況だったが、それでも立ち向かうことだけが次狼の生きる術だった。

今までもずっとそうだった。

これからもずっとそうなのだろう。

なぜ自分だけがこんな不遇を生きなければならないのか？

もし神がいるとすれば、どうして自分にだけこれほど冷酷な態度をとるのだろう？

次狼はあるときから、自分の中から神という存在を排除した。

そんなものがいるとしたら、他者と自分に対する仕打ちの不公平さにやりきれなくなるだけだからだ。

この世の中に運命などというものはない。

あるのはなりゆきだけだ。

今ここで、疲弊した身体を引きずって屈強な敵と戦わなければならないのがなりゆきならば、この相手を倒して生き延びるというなりゆきにむかって、自分は全力で突き進むしかない。

そして、そこで為された結果を、あとになって運命だったと呼ぶだけのことだ。


次狼はライオンファンガイアの懐に飛びこんだ。

爪で斬りつけてくる敵の攻撃をなんとか防ぎながら、急所を探す。

しかしそれを嗅ぎ当てる前に弾き飛ばされてしまう。

ライオンファンガイアの腕力は明らかに次狼よりも上だった。

やみくもに攻撃しても、急所に当たらなければすべては徒労に終わる。

まして次狼には無駄な攻撃を繰りだすだけの体力の余裕はない。

一撃必殺。

それが次狼に与えられている唯一の勝機だった。

次狼は何度もライオンファンガイアに食らいついていく。

相手の身体に牙を立て、引きはがされないようにしながら嗅覚を研ぎ澄ます。

そのたびに激しく傷つき弾き飛ばされながら、五度目にようやく次狼はライオンファンガイアの急所を嗅ぎ当てた。

それは背中のいちばん上、首の付け根にあった。

そこを破壊すれば、この相手に勝てる。

しかし、それを知ったとき、もう次狼には反撃するだけの力は残されていなかった。

ライオンファンガイアに激しく切り裂かれ、ボロ布のようになって、次狼は床に崩れ落ちた――。


死にものぐるいで二体のファンガイアを仕留めることに成功したゆりだったが、残った一体は思いの外、強敵だった。

敵の攻撃が何度もゆりの身体をかすめ、すでにゆりの身体は切り傷だらけになっていた。

それでもゆりの闘志は衰えなかった。

これまでの戦いで得た経験のすべてを駆使してファンガイアスレイヤーを振るう。

昆虫型のファンガイアの場合、急所を攻撃できなくても触角を破壊すれば能力は大幅にダウンする。

動きが鈍った相手にとどめの一撃を突き立てると、相手が粉々になるのを見ずに、ゆりは走りだした。

次狼がライオンファンガイアに苦戦しているのが見える。

もはや次狼に多くの力は残されていないようだった。

激しい一撃を受けて、次狼の身体が床に崩れる。

「次狼！」

ゆりは鞭にしたファンガイアスレイヤーが届くギリギリの間合いからそれを放った。

鞭の先がライオンファンガイアの頬を打つ。

次狼にとどめを刺そうとしていた相手は、ギラリとゆりのほうを振り返った。

先ほど受けた一撃が致命傷になったらしく、次狼はもう立ちあがることさえできない。

意識を失っているようだった。

いつでも勝負をつけられる戦いを一時的に放棄して、ライオンファンガイアはゆりのほうに向き直る。

裂帛《れっぱく》の気合とともに叩き付けられたファンガイアスレイヤーが、敵の身体を激しく打つ。だが、それだけだった。

ライオンファンガイアはひるむこともなくゆりにむかってきた。

ゆりの攻撃は、ライオンファンガイアの胸に、足に、腕に、続けざまにヒットしたが、そのいずれも効果がなかった。

ゆりに次狼のような嗅覚はない。

ハンターがファンガイアの急所を探すには、とにかく攻撃を当て、相手の反応を見るよりほかに方法はなかった。

ゆりが繰りだす虚しい攻撃をすべて受けきったライオンファンガイアは、鋭い爪を構えてゆりに襲いかかった。

巨体に似合わぬすさまじいスピードで襲いかかってくる相手をゆりは避けきれず、脇腹をざっくりとえぐられた。

人間というのは、他のあまたの動物に比べると、あまりにも痛みに弱い生き物である。

多くの野生動物は、腹を割かれようが骨を折られようが、必死で生き延びようと最後まで動き続けるが、人間はほんの小さな痛みですぐに動けなくなってしまう。

ゆりは激痛に耐えかねて、傷口を押さえながらその場にうずくまるしかなかった。

悔しい。

母を殺した相手をやっと見つけたのに、何もできず、ここで自分は殺されるのか？

しかも相手は自分が私にとって母の仇なのだという自覚すらない。

嫌だ。そんなの嫌だ。

生き残ってやりたいことなど何もない。けれど、ただひとつだけ、目の前にいるこのファンガイアを倒せないことだけが許せなかった。

ゆりはよろよろと立ちあがった。

立ちあがっただけで何ができるわけでもない。ただ、敵の標的になるだけだ。

それでもゆりの執念が、彼女に最後の力を振り絞らせた。

ライオンファンガイアは無抵抗な敵を殺すことに残忍な喜びを覚えたのか、身体を震わせた。

そしてゆりに引導を渡そうと鋭い爪を振りかざしたとき——。

その背後からファンガイアスレイヤーの一撃が襲った。

鞭の先端の鋭い刃は、ライオンファンガイアの背中の上部、首の付け根に深々と突き刺さった。

ライオンファンガイアは身体を硬直させ、わなわなと震えだした。

ゆりには一瞬、何が起きたのかわからなかった。

急所を貫かれ身悶えするライオンファンガイアの後ろに、ファンガイアスレイヤーを構えた紅音也の姿が見えた。

「……音也……？」

音也はライオンファンガイアからスレイヤーを引き抜くと、身軽な足取りで接近した。

ファンガイアは猛り狂い続けざまに攻撃を繰りだす。

しかし音也は、次にどこに攻撃が来るかが読めているかのように、軽やかにそれをかわしていく。

ゆりは目を見張った。

熟練したハンターでさえ、あんな動きはできない。この男はいったい何者なのだ？

音也の戦い方は、ハンターであるゆりとも、モンスターである次狼ともまったく違ったものだった。

彼はライオンファンガイアの動きが奏でる音楽を聴いていただけだった。

それを聴けば、次にどんな旋律が奏でられるのか、予測することができた。

それでも、最初に急所を突いていなければ、戦闘経験のほとんどない音也は苦しい戦いを強いられていただろう。

しかし、ゆりを襲ったライオンファンガイアの動きから、一瞬で音也はそこに攻撃を当てるべきだと判断したのだ。

ここを撃てという張りつめた一音が、音叉《おんさ》の響きのようにライオンファンガイアの急所から響いてきた。

音也はその音を聞いたのだ。

急所を破壊されたライオンファンガイアはすでに理性を失っていた。

攻撃はやみくもに繰りだされるばかりで、音也はなんなくそれをかわした。

そして激しく振った腕が空を切り、敵が背中を見せた瞬間、音也はもう一度、今度は剣の形にしたファンガイアスレイヤーの刀身を急所めがけて一気に突き立てた。

たしかな手応えがあり、ライオンファンガイアの全身のステンドグラス状の装飾にひびが入った。その表面に、一瞬、革ジャンの男の断末魔の表情が浮かび上がったが、すぐにそれは消え去って粉々に砕け散った。


「大丈夫か？」

音也は傷ついたゆりに駆け寄るとその身体を優しく支えた。

「来るのが遅くなって悪かった。あとを追っていたんだが途中で見失ってしまって、探していたんだ」

カフェ・マル・ダムールでゆりを気遣う言葉をかけてくれた音也だったが、それは口だけではなかった。

自分を心配して、追いかけてきてくれたのだ。

ゆりはそのことがうれしくて、思わず涙をこぼした。

「早く救急車を呼ぼう」

「待って、私よりも次狼を」

ゆりも深傷《ふかで》を負っていたが、意識を失っている次狼を気遣った。

ゆりに肩を貸して音也が側に行くと、次狼は人間の姿に戻っていた。

「おい、生きてるか？」

音也の声に、次狼は薄く目を開いて反応した。

「これから病院に連れていくが、人間の医者と、獣医と、どっちがいい？」

音也の冗談めかした問いかけに、次狼はうっすらと、しかしたしかに笑ったように見えた。

1986∮2008

港に面した公園には防潮堤に打ち寄せる穏やかな波の音が響いていた。

日はすでにとっぷりと暮れて、港に係留された船やレンガ造りの倉庫がオレンジ色の照明に美しく浮かび上がっている。

恵は海に面した柵に身を寄せて潮の香りを嗅いでいた。

「少し寒くありませんか？」

柵にもたれていた名護が自分のコートを脱いで恵にかけてくれる。

名護のこういうところは、いかにも西洋仕込みのジェントルマンという印象を与える。

「ありがとう。名護さんは寒くないの？」

「大丈夫です」

コートからは名護が普段使いしているコロンの香りが微かに立ち上り、恵を柔らかく包みこんだ。

名護の優しい振る舞いは、この美しい港の風景によく似合っている。

これこそ恵が望んでいたデートの形だった。

恵は海を眺めている名護の横顔をうっとりと見つめた。

それに気がついた名護が、何か問いたげに見返してきて、思わず恵は視線を逸らす。

頬さえわずかに赤らめているような気がして、恵は自分のことをまるで少女のようだと思った。

そうそう、私が求めていたのはこういう感じなのよ。

久しく忘れていたこの胸のときめき。ビバ恋愛。

恵の鼓動はこの後のロマンチックな展開を妄想してさらに高鳴った——。

今日は〝素晴らしき青空の会〟での情報整理が早めに終わったので、恵が名護を食事に誘ったのだ。

以前から行ってみたかった港の近くにあるフレンチの店だった。

フレンチといってもこぢんまりとした雰囲気で、値段もそれほど高くない。

意中の相手を初めてのデートに誘うには手ごろな店だった。

食事をしながらの何気ない世間話の合間に、恵はなんとか名護の過去の恋愛や、女性に対する好みの話などを聞きだそうとした。しかし、もともとプライベートなことを気安く話すタイプではないという第一印象のとおり、名護の反応はきわめて薄く、恵はじれったい思いをすることになった。

名護が自分から話しはじめたのは、食材に関する蘊蓄《うんちく》だった。

「知っていますか？　料理に使われる甘エビはすべて雌《めす》なんです」

「は？　甘エビ？」

「そう。甘エビというのは通称で、本当の名前はホッコクアカエビといいます」

名護は前菜としてテーブルに置かれたタルタルソースがけの甘エビを手で示した。

「この種類のエビは、生まれたときはすべてが雄で、成長すると五、六年ほどで雌に性転換します。だから食材として使われるくらいの大きさの甘エビは、すべて雌なのです」

「へええ、そうなんだ……」

たしかにおもしろい話ではあったが、それだけだ。

恵が知りたいのは名護のことであって、べつに甘エビの生態に興味はない。

デートで蘊蓄を傾ける男は多いが、会話の中で膨らんでこその蘊蓄であって、ただの知識の開陳に終わっては意味がない。

恵は話題を変えた。

「名護さん、私みたいな女性をどう思う？」

「どうって？」

「女としての評価というか、名護さんから見てどうかなーというか……」

「恵さんはきれいだと思いますよ。魅力的な女性です」

「ほんとに⁉　あーでも、私ちょっと雑なところがあるし……」

「ご自分でそう思うなら直しなさい。欠点というのは克服するべきものです」

謙遜したつもりが、まるで教師のような口調でそう言われて恵は鼻白んだ。

仕事をしていても時折出るこの慇懃無礼《いんぎんぶれい》な命令口調は恵をしらけさせる。

名護が優秀なのは事実だし、揺るぎのない自信からそういう口調になるのだろうが、それにしても言い方ってものがあるでしょうに。

でも、まあ、もう少しくだけた間柄になれば、こういうところは直してもらえばいいかな、と恵は自分に言い聞かせた。


食事をすませて、少し港のほうを歩いてみようということになり、今はこうして公園から夜の海を二人で眺めている。

薄着の恵に名護がコートを貸してくれたまではよかったが、その後は何を話すでもなくただ時間だけが過ぎていた。

今は退役して博物館として港に係留されているクラシックな客船でイルミネーションが輝いている。そのむこうを貨物船がゆっくりと進んでいくのが見えた。港に架けられた巨大な橋のライトアップも美しい。

愛を語らうには絶好のシチュエーションを用意したというのに、どうにも名護の態度がはっきりしない。

もしかして、私みたいなタイプは好みじゃないのかな。

ロリコン？　もしくはマザコン？

まさか本当に女性に興味がないとか……っていうか同性愛者？

いやいやいや、自分になびかないからってそういう邪《よこしま》な想像はよくないよね。

それともあれか、彼女持ちか？

アメリカに、結婚の約束を交わした女性がいるとか？

でも、それならそうとはっきり言ってくれても良さそうだし。

あー、わかんねー。

逡巡《しゅんじゅん》した末に、恵は自分からしかけてみようと決意した。とにかく、自分の「女」を名護にアピールしてみよう。まずは軽く手でもつないでみるか。物理的な距離を縮めるというのは有効な手段のはずだ。

「ねえ、よかったら手をつながない？」

恵がそう切りだすのとほぼ同時に、名護が恵の名を呼んだ。

「恵さん――」

「え、あ、はい、なに？」

「恵さんは、ファンガイアのことをどう思いますか？」

「え？」

唐突でやや抽象的な問いかけに、恵は戸惑った。

だが、名護は恵に答えを求めていなかった。

「多くの犠牲者を出してきたファンガイアを、私は許せない。彼らは根絶やしにされるべき存在です」

「そうね……」

「彼らの存在そのものが神に背くものだ。彼らを最後の一体まで殲滅《せんめつ》できるなら、この命を捧げても惜しくはない、そう思いませんか」

「……同感だわ」

熱っぽい口調で話す名護に一応同調してはみたものの、恵は面食らっていた。

このロマンチックな状況で話すには、この会話はやや場違いな気がしたし、何かに取り憑かれたような名護の眼差しは、先ほどまでのスマートで落ち着いた物腰の男のものとは思えなかった。

甘いデートの雰囲気は一瞬で消し飛んで、なにかもやもやする気分が恵の心の中に生まれた。もちろん恵にも使命感はある。ファンガイアによって多くの尊い命が失われたことに対しての憤りも。

しかし、これほど声高にファンガイアへの敵意を口にしたことは、ない。ハンターであれば、ファンガイアが許せないなんて当たり前のことすぎて、言葉にしようとは思わないものだ。すくなくとも恵はそう思っていた。

なんだろう、この違和感。

戸惑っていると、ふいに手を握られた。

「もう一軒、軽く飲みに行きませんか？　僕がおごります」

恵の思いとは裏腹に、名護の表情には、ファンガイアへの思いをひとつにする同志を得たことへの満足感があふれていた。

自分が思い描いていたのとは多少違う展開だったが、結果的に恵は名護に手を引かれ、夜の港町を歩きはじめた。

○

紅渡は揺れていた。

自分は人間なのか？　それともファンガイアなのか？

オクトパスファンガイアは「キバはファンガイアの王」だと言った。

「王」であるという部分は渡にとっては重要ではない。

もちろんそれも大きな意味を持つ言葉だということは感じたが、それ以前に渡の精神を揺さぶったのは、キバがファンガイアであるということだ。キバと渡がイコールである以上、その言葉は渡がファンガイアであると言っているのと同じだった。

もし自分がファンガイアなのだとしたら、野村静香といっしょにいるときに突き上げてくるあの衝動の正体は恐ろしいものなのではないか？

疑念は日を追うごとに渡の中で膨らんでいった。

静香に会いたいという気持ちは強い。

自分の心の窓になって、外の世界とつないでくれる彼女の存在は大切で、いっしょに過ごす時間はかけがえのないものだ。

だからこそ、それを失うことは怖かった。

バイオリン教室は依然として続けられていて、静香の前では渡は平静を装っていたが、心の中では距離をとらざるを得なかった。

静香を家に上げるのは、授業の時間だけにして、それ以外の時間は用があるからといって帰らせた。なるべくよそよそしい雰囲気を出さないようにしているつもりだったが、静香にしてみれば、渡が急に忙しいそぶりをするようになったのは不自然だし、なぜそういう態度をとるのか、不可解に思うかもしれない。

それでもそうしなければ、渡は心の平静を保てなかったのだ。

静香が帰ったあと、部屋で一人でいると悶々としてしまうので、渡はあてもなく町をぶらぶらと歩くようになった。

そのほうが気がまぎれるのだ。

静香と、そしてあのちょっと強引な恵のおかげで、この世アレルギーは払拭された。しかしそれでも人がたくさんいる場所は苦手だったので、なるべく人通りの少ない閑静な場所を選んで歩く。

その日も、静香が帰ってしばらくしてから、渡は町を歩こうと家を出た。

玄関を出て空を見上げると、どんよりと重い雲が垂れこめ雨が降りそうな気配があったので、黒いこうもり傘を持っていくことにした。

案の定、三十分ほど歩くと、大粒の雨がぽつんぽつんと落ちてきて、やがて本降りになった。

傘を開くと、すれ違う人の顔も見えなくなる。人から見られることを好まない渡にとって、それはむしろ好都合なことだった。

傘の縁からぽたぽたと落ちる水滴を見るのも楽しい。

雨の日に好んで散歩をする人はいないかもしれないけれど、自分は今度雨が降ったらまたかならず散歩することにしよう。そんなことを考えながら歩き続けた。

人気の少ない商店街の入り口まで来たとき、シャッターの閉まった店舗の軒下に、一人の少女が雨宿りしているのが目に入った。

小柄なおとなしそうな雰囲気の少女だった。濃い栗色のボブヘアに、まつげの長い大きな瞳。美しいのだが、どこか幸薄そうな印象を与えた。

渡はなぜかその少女のことが気になって、普段は人の顔を見つめることなどないのに、そのときだけは傘の下からその少女をしばらくの間、眺めてしまった。

すると、その視線に気づいたのか、少女が渡のほうを見た。

目が合ってしまったと思ったが遅かった。

渡は思わず軽く会釈した。すると少女もぺこりと頭を下げた。

見ず知らずの人間に関わってしまった気まずさ半分、けれど、理由のわからない浮き立つような気持ちもこみ上げてくる。

もちろんそれ以上なにも起きるわけがないと思いながら、渡はその場を歩きすぎようとした。

しかし驚くべきことが起きた。少女が渡に声をかけてきたのである。

「あの、すみません」

遠慮がちではあったが、まぎれもなく渡に対して投げかけられた言葉だった。

驚きのあまり、端から見れば挙動不審なぎこちなさで渡は振り返った。

「あの、すみません」

少女はもう一度同じ言葉で渡を呼んだ。

「はい、なんでしょうか」

「お急ぎでしたら申し訳ないんですが……」

見た目どおりの気弱そうな声だった。

「いや、散歩の途中なので、べつに……」

少女の顔が少しだけ明るくなった。

「よかったら、道を教えてもらえないでしょうか?」

見ず知らずの他人に易々と声をかける度胸があるようには見えないこの少女にとっても、渡を呼び止めるのは勇気のいることだったのだろう。

渡はその勇気に応えてあげたいと思った。

「いいですよ、どこまでいかれるんですか?」

少女の差しだしたメモに書かれているのは見覚えのある番地だったが、口頭で道順を正確に伝えるのは困難な気がした。

「説明しにくいので、いっしょに行きましょう」

「そんな……申し訳ありませんので、道だけ教えていただければ」

「いえ、いいですよ。どうせ暇ですし」

そう言いながら、渡は自分の積極的な態度に驚いていた。

ついこの間まで、この世アレルギーを抱えて家から出ることもままならなかったのに。

自分自身も変わったと思うけれど、それだけではないとも感じた。

相手の少女のせいだ。

今にも消えてしまいそうな少女のか細い印象が、かまってやりたいという気持ちを起こさせる。こんな自分でも役に立てるのではないかという思いが渡の背中を押した。

思えば、他人に対して親切で何かをしてやるということ自体、渡にとってはほぼ初めての体験だった。

少女は傘を持っていなかったので、渡の傘に二人で入って歩くことになった。

少女は遠慮がちに傘の端のほうに寄って歩くので、はみだした肩が濡れていた。

渡は無言で自分が傘の反対側によって、少女のほうに傘を差しだしてやった。

自分の肩が濡れたが、だれかのために小さな犠牲を払うという行為は、渡にとって心地よいものだった。

ひとつの傘に入っているにもかかわらず、二人は無言で歩き続けた。

なにか世間話でもして沈黙を埋めたいと思うのだけれど、何を話していいのかさっぱりわからない。

「あれ？」

渡は立ち止まった。

「おかしいな、このへんのはずなんだけど」

電柱に表示された番地は、いつのまにか少女が持っているメモに書かれていた番地を過ぎてしまっていた。

「いつ通りすぎたんだろう」

「私も気がつきませんでした」

「ちょっと戻りましょうか？」

「はい」

それから小一時間その周辺をうろうろと歩き回ってようやく目的の場所を探し当てたときには、傘を差していたにもかかわらず、二人ともびしょ濡れになっていた。

なんのことはない、番地は道沿いに順番に並んでいたのではなく、並行するもうひとつの道と交互に並んでいたのだった。

「すみません、僕のせいで遅くなってしまって」

「いいえ、いいんです。まだ、約束の時間には余裕がありますから。それより、私のせいでこんなに濡れてしまって」

「大丈夫です」

「でも」

「気にしないでください」

それじゃあ、と渡はその場を立ち去ろうとした。

だれかに親切にしたことで、身体は冷えていたけれど、心が温まった気がしていたし、相手が自分を気遣ってくれたこともうれしかった。

「あ、待って」

少女が渡を呼び止めた。

「……今度何かお礼がしたいんです。電話番号を教えてもらってもいいですか」

ためらいがちな少女の申し出は驚くとともにうれしかったが、あいにく渡の家には電話がなく、もちろん携帯も持ってはいなかった。

そのことを話すと、少女はメモに走り書きをして渡に手渡した。

「鈴木深央《すずきみお》といいます。公衆電話からとかでいいので、連絡ください」

メモには名前と電話番号が書かれていた。

「ありがとう。僕は紅渡といいます」

「わたるさん」

それじゃ、と手を振って深央と名乗った少女は住宅街の一軒の家の門をくぐって見えなくなった。

携帯電話の手続きというものが、これほどめんどうだとは、渡は考えてもみなかった。クレジットカードがあれば支払いは簡単だと言われたが、渡はカードどころか銀行口座も持っていなかったので、携帯ショップと銀行の間を往復することになった。

こういう煩雑な手続きをするなら静香か恵に手伝ってもらえばよかったのだけれど、なぜ突然携帯を買う気になったのか、理由を聞かれたくなかったので、なんとかすべてを自分でやり遂げた。

そもそも電話というものをほとんど使ったことがない上に、最新式の多機能な携帯電話の使い方は複雑で、ただ電話をかけるという基本的な操作をするだけでも、ずいぶん手間取ったが、なんとかメモに書かれていた深央の番号を押すところまでたどりついた。

コール音がしている間、心臓が高鳴る。

やがて、昨日傘の中で聞いた深央の声が携帯のスピーカーから響いた。

最初は先日のお礼に、深央が渡に食事をおごるという約束で待ち合わせをした。

「今日の服、変じゃないですか」

「ううん、すごく似合ってると思うけど」

「よかった。渡さんに会うと思って、昨日買ってきたんです」

自分のために服を買ったと言われて、渡は戸惑った。

どうして僕と会うために服を買うんだろう。

「渡さんに喜んでもらえたらうれしいと思って」

深央が買った服が深央に似合っていて、そうすると、深央が美しく見えて、そうすると、自分がうれしい？

論理のつながりを求めて、渡は思考を巡らせた。

いっしょにいる女性が美しく見えると男性はうれしいものなのだろうか？

それだけじゃないと渡は思った。

自分に服を褒められて、うれしそうなのはむしろ深央のほうに見えた。

「深央さんは、きっと何を着ても似合うと思うよ」

そう言うと、深央はポッと頬を赤らめた。


深央は田舎から東京に出てきて一人暮らしをしていると言った。

引っ込み思案なうえに、そそっかしいところがあり、仕事が長続きしない。

今は定食屋でアルバイトをしつつ、それでも足りないので家庭教師の募集に応募して、先日尋ねた家は、その仕事先だったのだと話した。

「住所もちゃんと確かめてなかったし、雨が降りそうだったのに傘も持たないで家を出ちゃって……あたしのそういうところがダメなんですよね」

自分の言葉にしょげかえる深央を、渡はなんとか励ましてやりたいと思う。

「でも、深央さんは一生懸命だし、きっとこれからうまくいきますよ」

「そうでしょうか」

「うん、大丈夫」

不器用でも真面目な人間は、きっと大丈夫。

なんの根拠もないけれど、それは渡の本心だった。

一方で、自分がこんなふうにだれかを励ますことができるのだという事実に、内心驚いてもいた。

深央といっしょにいると、渡が今まで自分でも気づいていなかったよい部分が、どんどん引きだされていくようだった。

それから二人はたびたび会うようになった。

一週間に一度か二度、待ち合わせてはお茶を飲み、自分の身の回りに起きた他愛もないことを伝え合う。

渡は深央を美しいと思う。静香も美しいが、その清楚《せいそ》な印象に対して、深央の外見には、熟した果実のような、女性らしい柔らかさがあった。静香が快活なのに対して、精神的には深央のほうが繊細で、壊れやすい雰囲気を持っている。

相違点は多かったが、なにより違っていたのは、いっしょにいると楽しいのは同じなのだけれど、深央といるときには、静香といっしょにいるときに感じる、あの危うい衝動を感じなくてすむということだった。

深央に性的な魅力を感じないわけではない。

渡は深央の肌に触れたいと思ったし、抱きしめたいと思うこともしばしばだった。

しかし、静香に感じるような、激しい胸の高鳴りを覚えることはなかった。

そのこともあって、渡と深央の距離は瞬く間に縮まっていった。

やがて渡は深央のアパートに招かれた。

いかにも家賃が安そうな古い建物で、広くはないが、女性らしく、こざっぱりとしてきれいに整頓された部屋だった。

そこで渡は深央がつくった夕食を食べた。

食後にお茶を飲み、いっしょにテレビを見て、終電がなくなる直前まで渡はその部屋で過ごした。

渡が深央に会いに行く頻度は増していき、ひと月半がたったころには、静香がバイオリンを習いに来る時間以外のほとんどを、渡は深央の部屋で過ごすようになっていた。

深央と会っていることを、渡は静香に話していなかった。

静香と自分の関係はあくまでバイオリン教室の先生と生徒であって、それ以上でも以下でもない。

しかし、なんとなく、別の女性の存在を静香に知られるのは後ろめたいことのように感じられた。

それは思春期の少年が、自分のガールフレンドの存在を母親に隠すのによく似ていたかもしれない。


渡の稚拙な隠しごとは、じつはとっくの昔に静香に見抜かれていた。

静香は渡が携帯電話を買ったことも知っていたし、毎日のように家を出ていくことからも、新しい友人ができたことは間違いなく、さらにそれを自分に言わないことから察するに、女性であることも確信していた。

ついこの間まで、家から出ることもできなかった渡が、女性の知り合いを持ったという事実は、静香にとってはいささか衝撃的なことだったが、それも成長と考えれば、喜ばしいことのはずだった。

自分の目的は、渡を人並みの社会生活が送れるように指導することだったはずだ。

だとしたら、これは大きな成果ではないか。

しかし、静香は心の中のもやもやする気持ちを否定することができなかった。

自分は保護者のような顔をして、渡を独占したかったのではないか？

だから自分以外に、渡に女性の知り合いができて、焼き餅を焼いているのではないか？

もはや静香はそれを認めざるを得ない。

しかし、だからといってどうすることもできなかった。

静香がどう思っていようと、渡にとって静香はバイオリン教室の生徒でしかない。

しかも渡のほうが年齢的にもずいぶん上だ。

渡のプライバシーに自分が首を突っこむ権利は、本当ははじめからなかったのかもしれない。

思えば――。

とっくにわかっていたことで、ただ言葉にするのが怖かっただけなのだ。

自分は渡に恋をしている――。

わかっていてもどうすることもできなかった。

行動を起こすには、静香は恋愛に対して臆病すぎた。

それに相手が特殊すぎる。

おそらく恋愛経験などないであろう渡は、自分が好きだと打ち明けたら、どんな反応を示したのだろう。それは想像が付かなかった。そもそも恋愛感情を抱くには、渡の精神は幼すぎるような気がしていた。

べつに告白などという手続きを踏まなくても、自分は好きなときに渡に会いに行き、好きなだけ話をすることができる。これって、つきあっているのと同じじゃない？

そう考えることで、静香は自分の気持ちから逃げ続けてきた。

その結果――。

渡に恋愛感情がないのではなく、単に自分がその対象になっていなかったのだという最悪の事実を突きつけられることになってしまった――。

それでも静香は渡に会いに行くのをやめようとはしなかった。

ガールフレンドをつくるのは渡の自由だ。

自分は渡に拒絶されたわけじゃない。勝手に恋愛して勝手に失恋しただけなのだ。

それに――。

もしかしたらまだ望みはあるかもしれない。

渡の相手が恋人というわけではなく、ただの友達であるとか、慣れない恋愛に渡が失敗するとか――。

そんないじましい想像にすがる自分を惨めだと客観的に思いつつ、静香はバイオリンの教師と生徒であるという残された絆《きずな》に望みをつなぐことにした。

ある日、いつものように静香がバイオリンを習いに渡の家に行くと、渡は隠そうともせず、携帯電話でだれかと話をしていた。

電話を切ってから、静香が部屋にまで入ってきていることに気づいたようだった。

「ごめん、静香ちゃん。急用ができたから、今日の授業お休みにさせて」

渡はそういうと、そそくさと上着に腕を通して出ていこうとする。

――彼女のところへ行くのね。

静香は直感的に理解した。

「どのくらいで帰ってくる？」

「夜には戻ると思う」

渡は階段を降りていく。

思わず言葉が出た。

「待ってるから。渡が帰るまで、私待ってるから」

しかし、すでに階下に降りて出かけようとしていた渡に静香の声が届いたかどうかはわからなかった。

洋館から飛びだしていく自分を見送る者が、静香のほかにもう一人存在していたことに、渡は気がついていなかった。

その男は、べつに隠れていたわけではない。

通りすがりを装って、ごく自然に風景の中に溶けこんでいたのだ。

走っていく渡の後ろ姿を眺めながらその男——次狼は彫りの深い顔を微かにしかめた。


渡が部屋に着くと、深央はちゃぶ台に顔を突っ伏して泣いていた。

理由はさっき電話で聞いていた。

定食屋で火の始末をしくじって壁を焦がし、首になったうえにその後始末を命じられ、そのせいで家庭教師に行くことができず、そちらからも、もう来なくていいと言われたのだった。

二つの職をいっぺんに失うことはショックだったろう。

渡はかける言葉もなく、ただ深央の背中にそっと手を置いた。

「渡さん、大丈夫って言ったよね？」

「え？」

深央が顔も上げず、くぐもった声で渡に訴えた。

「渡さん、私のこと大丈夫って言ってくれたよね」

言われてみれば、たしかにそう言った。

励ますためにかけた言葉だし、本心から出た言葉だったが、こういう状況になってみると、あまりにも無責任な言葉だった気がする。

「……大丈夫じゃなかったよ」

深央はまだ顔を上げようとしない。

「……ごめん」

渡は深央の少し後ろに座って、ただ小さい声で謝ることしかできなかった。

深央はそれからしばらく無言でいたが、やがて急にバッと立ちあがると、洗面所にむかって駆けだした。

渡は呆気にとられていたが、しばらくすると深央は化粧を直して戻ってきた。

泣いて化粧が崩れた顔を、渡に見られたくなかったのだろう。

それでも、泣き腫らした深央の目は赤いままだ。

「……ごめんなさい、そんなつもりじゃなかったの」

渡はどう声をかけていいかわからず、黙っているしかなかった。

「渡さんに謝らせるなんて最低だよね」

「いいんだ。僕が無責任だったんだし」

「……私、こっちに出てきてから友達もいなくて……こういうときに、悪いとは思うのだけど、頼れるのが渡さんだけだから……」

そう言うと、深央は渡の身体にしがみついてきた。

「お願い、こうしていさせて」

深央の身体の柔らかさを感じて渡はたじろいだが、そっと背中に手を回して優しく抱きしめた。

渡にしがみついた深央の手に力がこもった。

それに応えるように、渡も深央を抱きしめる手に力をこめる。

二人の身体がもうこれ以上近づけないほどに密着し、お互いの鼓動と、身体の温かさが伝わった。

渡は頬に深央の頬の柔らかさを感じていた。

深央のことが愛おしくてたまらない気持ちになる。

渡は唇でそっと深央の首筋に触れた。

深央の身体が、まるで電気が走ったかのようにビクッと反応する。

肌の感触を確かめるように、首筋から耳元へ、耳元から頬へ、渡は自分の唇を這《は》わせていった。

やがてどちらから求めるともなく、二人は唇を重ね合わせた——。

第六楽章

「るるるるるる、マーイレボリューション、るるるるるる、るーるるー」

その日は朝からよく晴れた日で、洗濯物を干すのには絶好の日射しが降り注いでいた。

ゆりはうろ覚えのヒット曲を鼻歌で歌いながら、男物のパンツを干している。

こんな姿を、かつての自分は想像できただろうか。

ファンガイアとの過酷な戦いに明け暮れ、その日その日をなんとか生き残ることしか頭になかった自分が、鼻歌を歌いながら恋人の下着を干しているなんて。

そのときピピピピピピという夕イマーの電子音が聞こえてきて、ゆりはあわててキッチンに駆けこんだ。

茹で上がったパスタをぎこちない手つきでざるにあけて湯を切る。

それをあらかじめフライパンで炒めておいたタマネギ、ピーマン、ベーコンと和えて、トマトケチャップで味付けすれば、カフェ・マル・ダムールのマスター直伝、ナポリタンのできあがりである。

もうすぐ彼が帰ってくる。

ゆりの恋人である紅音也が――。

ゆりが紅音也と暮らすようになったのは半月ほど前からだった。

あの戦い――。

ゆりと次狼、紅音也が、ゆりの母の仇であるライオンファンガイアの一味と死闘を繰り広げ、それを討ち果たした夜——。

瀕死の次狼を病院に送り届け、ゆりも傷の手当てを受けた。

次狼の肉体は、人狼に変身しなければ人間となんら変わらなかった。

手術は人間のそれと同じように行われ、数時間を要する大手術となったが無事に成功し、次狼は一命を取り留めた。

意識の戻らない次狼の代わりに入院の手続きをすませ、音也に付き添われてゆりが自宅に戻ったのは明け方のことだった。

ドアまで送って帰ろうとした音也を引き留めたのは、自分でも意外だったがゆりのほうだった。

「よかったら、少しつきあって」

音也はうれしそうにもせず、お安いご用だとだけ言ってワンルームのゆりのマンションに上がった。

「コーヒーでいい?」

「何か、酒はないのか?」

「安いワインしかないけど」

「それでいい。きみも飲め」

「私はいいわ」

「気持ちが落ち着くぞ」

「……そうね」

ワイングラスを二つ並べて、普段は料理酒として使っている安いワインを注ぎこんだ。

音也の言うとおり、アルコールが身体に染みこむと、まだ高揚していた気分が心なしか落ち着いた気がした。

ゆりはふうううううっと大きく長いため息をついた。

「そうだ」

「ん？」

「あなた、どうしてファンガイアスレイヤーを持ってるの？」

「ファンガイア……？」

「ファンガイアスレイヤー。あの武器よ」

「ああ……あれか。あれはフリッツ・フォン・マイエルと戦ったときに、気絶していたきみから失敬した」

「やっぱり……」

ずっと抱いていた疑問がようやく氷解した。

やはりあのとき、自分を助けてくれたのは音也だったのだ。

ファンガイアスレイヤーも、もしかしたら音也が持ち去ったのではないかと思っていた。

「ずいぶん上手に使うのね。びっくりしたわ」

「いいバイオリンというのは、手にした瞬間どう弾けばいいかわかる。道具は全部同じだ。いい道具なら、だれかに教わらなくても道具のほうから使い方を示してくる」

「ほんとに？」

「本当だ。これは……」

音也は内ポケットからファンガイアスレイヤーを出してみせる。

「……これは、いい道具だ」

「……それをつくったの、私のお母さんなの」

「……そうか」

音也の話は相変わらず眉唾ものだったが、母がつくった武器を褒められたことは素直にうれしかった。

「私のお母さんは、あのファンガイアに殺されたの」

「あの……でかいやつか」

「そう。ライオンファンガイアよ」

「そういえば、温泉で口から湯を吐いていそうなやつだったな」

音也の軽口にゆりの顔がわずかにほころぶ。

音也はグラスのワインを飲み干し、自分で注ぎ足した。

「……母はファンガイアと戦っている組織の技術者だったの。それで、命を狙われて」

「……うん」

「私が小学校四年生のときよ」

「………」

「それ以来、私はあいつを倒すことをずっと考えてきた。ファンガイアハンターになったのは、私みたいな人間を少しでも増やさないためだったの」

「おまえ……」

音也は初めてゆりのことをおまえと呼んだ。

「おまえ、家族は？」

「父は五歳のときに亡くなったわ」

「兄弟もなく？　じゃあ、ずっと一人で？」

「うん」

「そうか」

不思議なことに、音也に言われてゆりは初めて自分が天涯孤独なのだということを身に染みて感じた。

母を殺したファンガイアを倒す。

そう誓うことでゆりはずっと母親とつながっていたのだ。

それが果たされた今、自分はこれから何をしたらいいのだろう？

亡き母とつながっていた鎖から解き放たれて、今ゆりは自由になった。

けれどこの状態はゆりにとって初めての体験である。どこに立っていいのかもわからない、心許ない自由――。

この広い世界の中で、自分はするべきこともなく一人ぼっちなのだ。

顔を上げると目の前に紅音也がいた。

優しい目をしていた。

今まで気づかなかった。

音也の目はどうしてこんなにも優しいのだろう。

「……あなたが私のことを『運命の女』だっていうたびに、馬鹿馬鹿しいって思ってた」

「…………」

「でも、あなたは私の母の仇を討ってくれた」

「……俺はただおまえのことが好きなだけだ。ただの男だよ」

「え？」

「おまえのことが好きで、おまえのために何かしてやりたいと思って、その結果、おまえの母さんの仇を討った。でも、それは結果論だ」

「でも……」

「それを運命と呼びたければそれでもいい。でも俺は本当は運命なんか信じていない。俺が信じているのは、おまえから聞こえてくる、美しい音楽だ」

「音楽……」

「そう、人はだれでも音楽を奏でている。美しい曲もあれば、醜い曲もある。おまえから聞こえてくる曲は聞いたこともないくらいきれいな曲だ」

「……信じてもいいの？」

「信じるも信じないも、おまえはもう、俺に惚《ほ》れてる」

音也はそう言うとゆりの手をとってグイッと引き寄せた。

ゆりはあっと小さく悲鳴をあげたが音也にされるがままに身をまかせた。

音也がゆりを包みこむように抱きしめる。

ゆりは音也の胸に顔をうずめながら、優しく髪を撫でられているのを感じていた。

はりつめていた心が一気に解きほぐされ、ゆりの頬を一筋の涙が伝った。

あたたかい涙だった。

音也がゆりの顔を優しく引き寄せる。

音也と唇を重ねながら、ゆりは初めて他人に心を開き、受け入れる快感に痺《しび》れた。

身体が熱い。

酒に酔ったかと思ったがそうではなかった。

ワインなんて、最初の一口しか飲んでいない。

ゆりは音也に酔っていた――。


その日の朝、紅音也はどこに行くとも告げずにゆりのマンションを出た。

行き先は次狼が入院している病院だった。

病室を覗くと次狼は読んでいた詩集を閉じて、横目で音也を迎えた。

「どうだ、調子は？」

「まあまあだな」

「もうすっかり元気そうじゃないか？」

「ウルフェン族の生命力は人間よりはるかに強い。身体のつくりは人間と変わらないんだが、回復が早すぎて医者が腰を抜かしてる」

「正体がばれないうちに退院したほうが良さそうだな」

「いや、これでなかなか居心地がいいんだ。三食昼寝付き。色目を使ってくる看護婦が多すぎるのは困りものだが」

いつになく饒舌《じょうぜつ》な次狼の様子に音也は微笑んだ。

空気を入れかえるために開け放たれた窓から穏やかに吹きこんだ風がカーテンをふわりと揺らす。

「……ゆりはどうしてる？」

「いっしょに暮らしてるよ」

「……そうか」

その短いやりとりで、恋敵としての二人の関係に決着がついた。

「相手がおまえなら、俺もあきらめが付く」

「それはよかった」

「……俺の本当の姿を見ても、おまえはほとんど驚かなかった。俺が人間ではないと知ったあとも、俺に対する態度がなにも変わらない。そんな男はおまえが初めてだ」

「おまえが人間であろうがなかろうが、俺には関係ない」

「うむ」

「変わるのは外見だけだろう？　俺は相手を見た目で判断しないからな」

「目で見ないなら、何で相手を見る？」

「見るんじゃなくて聞くんだ。俺は相手から聞こえてくる音楽を聴く。おまえから聞こえてくる音楽は、悪くない」

「……なるほど」

次狼は音也のことを肝の据わった男だと思っていたが、その理由がよくわかった。人間はいろいろな種類のもの差しで相手を測ろうとする。情報を選びかね、判断を迷う。外見や肩書に騙《だま》される。だが、音楽の神を身に宿した紅音也の価値基準には揺るぎがない。目をつぶり耳を澄ませて、相手の本質を聞き分けるのだ。そうしていれば、きっと人生はつねに正しい道を進んでいく。

「また来てくれよ」

病室を出ていこうとする音也に次狼はそう声をかけた。

音也は軽く手を上げて応えて帰っていった。

あいつとは長くつきあってもいいかもしれない。

次狼は柔らかいベッドに身体を預けながら、そう思った。

「ただいま」

正午ちょうどに音也はゆりのマンションに帰ってきた。

「よかった。約束の時間ぴったりだ」

「少しぐらい遅れてもかまわないのに」

そう言ってはみたが、ゆりは音也がかならず時間どおり帰ってくるとわかっている。だから、その時間に合わせて食事を完成させて待っていたのだ。

「俺はおまえとの約束を破らない。なにしろおまえは」

「運命の女？」

「そう、それだ」

「運命なんて信じてないくせに」

「それは夜の話だろう。昼間は信じるんだ」

「なにそれ。どういうこと」

ゆりは音也のいつもながらの軽口に笑いながら二人分のナポリタンを皿に盛りつけた。

「おお、昼飯はナポリタンか」

「うまくできてるといいんだけど」

「美味くないはずがない。なにしろおまえがつくった料理だからな」

音也はゆりのつくった料理をどんなときでも美味いうまいと言いながら食べた。

ゆりが自分で食べてみて、明らかに失敗したと感じたときでもそれは変わらない。

音也なりに何かの屁理屈をつけて、まずい料理を美味いと言い換えてしまう。

その口ぶりが可笑しくて、ゆりはいつも笑わされる。

「いただきます」

ゆりがナポリタンにフォークをつけようとすると、音也が待てと押し止めた。

「おかえりのキスがまだだ。トマトケチャップ味になる前に」

触れるか触れないかのような軽いキスを交わす。

ゆりは少しものたりなくて、自分から音也の顔を両手で包んで引き寄せると、今度はしっかりと唇を重ねた。

少しはにかんで下を向く。

「あ、そうだ、粉チーズ、それとタバスコも使うよね」

照れ隠しにキッチンに調味料をとりに行く。

音也の優しい視線を背中に感じた。

やばい。

幸せだ。

恋人との甘い生活というものにゆりは免疫がない。

幸せすぎて、それを失うのが怖いという感情も、ゆりにとっては初めての経験だった。

信じてみよう、紅音也という人を。

たとえいつかこの幸せを失うことがあっても、このひとときを過ごせたということは、ゆりの人生にとっては奇跡のようなことなのだから――。

午前零時。

残業を終えた男は地下駐車場に停めてある自分の車へとむかっていた。

ここは新宿の高層ビル街。軒を争う摩天楼に入っているのは、いずれも世界に誇る日本経済を動かしているといっていい大企業の本社である。

男はそんな大企業に勤めるエリートサラリーマンだった。

仕事はハードだったが、対価としてあまりある報酬を得ていた。

格差大国のアメリカほどではないにしろ、この国の富の多くは一握りの富裕層に握られている。そのおこぼれを残りの人間たちがいじましく分けあっているのだ。

彼らは自分たちのことを中流だと思っているようだが、男に言わせれば貧困層だった。

彼らも朝から晩まで働いているが、同じ労働時間でも、男のそれに対して与えられる対価は何十倍も違う。

不公平だとは思うが、自分がその不公平の恩恵にあずかっている以上、それを正そうなどとは毛頭思わない。いや、むしろこの不公平がもっと助長されるといい。

男の所有する黒塗りの高級外国車が見えてきた。

高級外国車は黒に限る。

ある一定以上のグレードの黒い車に乗っていると、この国の警察官はなぜか遠慮して交通違反を取り締まらない。

街中や高速道路で白バイに停められているのは、いかにも安そうな車ばかりだ。

それでいて違反に対する罰金額は金持ちも貧乏人も一律なのだ。

スピード違反に対する罰則金は、きっとあの安そうな車に乗った貧乏人の月給の何分の一かを刮《こそ》げとっていく。同じ金額が自分にとってはほんのポケットマネーであることはいうまでもない。不公平万歳である。

今日は仕事でむしゃくしゃすることがあった。帰りは少し飛ばそう。

そんなことを考えながら、ワイヤレスキーのボタンを押す。

車のウインカーが解錠を知らせる点滅をしたとき、声がした。

「待て」

男は声のするほうを見た。

駐車場の出口近辺にひときわ明るいライトがあり、声の主はその逆光の中に立っていて、顔はよく見えなかったが、若い男のようだった。

相手はコンクリートの床に足音を響かせながらゆっくりと男に近づいてきた。

「いい車に乗っているんだな」

「だれだ」

相手は男の問いには答えなかった。

「ずいぶん稼いでいるようだが、おまえの持っている富は、もともと人間のためのものだ。……人間に返しなさい」

「何を……言ってる？」

強盗だろうか？

だが同時に男には別の考えも浮かび上がっていた。

逆光の中の人影は、ジャケットの内側に手を差し入れた。

銃を持っているのか？

明らかな敵意と身に迫る危険を感じ取り、身構えた男の頬にステンドグラス状の模様が浮かび上がる。

しかし取りだされたものは銃ではなかった。

それは握りの付いたスタンガンのようなものだ。

「レ・ヂ・イ」

電子音と電子音声が地下駐車場のコンクリートに反響して鳴りわたる。

「……変身」

そう低くつぶやくと、逆光の中の男はスタンガンのような武器をベルトのバックルに押し当てた。

「フィ・ス・ト・オ・ン」

光り輝く鎧が空中に現れそれが身体を包みこむ。

金色の十字架をあしらった仮面、あでやかに白く輝く甲冑《かっちゅう》。

それは『イクサ』と呼ばれる強化装甲服であった。

「貴様……ファンガイアハンターだな！」

頬にステンドグラスの模様を浮かび上がらせた男は、エリートサラリーマンの姿をかなぐり捨てた。

全身の筋肉が隆起し、黒い身体にバロック調の装飾を施した魔人――ゴートファンガイアに変身した。

「その命……神に返しなさい」

装着したイクサの仮面の下で、名護啓介はファンガイアに最後通告を告げた。

ファンガイアは初めて見る相手の力を測りかねて間合いをとった。

こんな強化服を着たファンガイアハンターを見るのは初めてだった。

ハンターは通常ファンガイアバスターと呼ばれる貧弱な銃で立ち向かってくるものだ。

それに、腑《ふ》に落ちないことはまだあった。

ハンターがファンガイアに立ち向かってくるのは、多くの場合、ファンガイアが人間を襲い、ライフエナジーを吸い取ることを日常化したときだけだった。

自分はもうずいぶん前から人間を襲っていない。

人間など襲わなくても、手にした金で欲しいものは何でも手に入る。

ファンガイアの本能として、人間の命を吸いたくなるときもたまにはあったが、ハンターに狙われる危険を冒してまでそうしたいとは思わなかった。

ファンガイアにとって人間を襲うことは不可欠なことではない。

欲望さえ自分でコントロールできれば、人間の命を吸わなくてもファンガイアは生きていける。

実際、人間の社会に溶けこみ、人間となんら変わることなく暮らしているファンガイアは大勢いる。自分もそんなファンガイアの一人だ。

ハンターに関する最低限の知識は持っていたが、自分のところに来るということはまったく想定していなかった。

「イクサの前に、ひれ伏しなさい」

強化スーツを身につけた男はそう叫ぶと手にした剣で斬りつけてきた。

ゴートファンガイアは危うくそれを避けると、相手の身体に角を突き立てた。

しかしイクサの装甲は硬く、ファンガイアの角による一撃はなんのダメージを与えることもできなかった。

「俺はファンガイアだ！　だが何もしていない！　どうして俺を？」

ステンドグラス模様に現れた男の顔には焦燥が浮かんでいる。

「すべてのファンガイアは淘汰《とうた》されるべきだ。例外はありえない」

名護は冷酷に答えた。

それは彼の信念だった。

人を襲うか襲わないかは関係ない。

彼にとって、ファンガイアというものはすべて討ち滅ぼされなければならない存在だった。

名護の考えでは、今まで人を襲うファンガイアだけを倒してきたのは、戦力が足りなかったからだ。

これまでの武器ではファンガイアハンターはあまりにも脆弱《ぜいじゃく》であり、ファンガイアが人を襲ったときだけ戦うという対症療法しかできなかったのだ。

しかし、このイクサシステムがあれば――。

イクサシステムは日米の技術者によって共同開発が進められていた対ファンガイア戦闘用の強化戦闘服だった。

米国の研究所でついに実用化されたこの兵器を日本に運び、試験運用すること。それが〝素晴らしき青空の会〟から名護に与えられた任務だったのだ。

ファンガイアの攻撃をはじき返す堅牢な装甲。ファンガイアの体組織から発生する微弱な波動を解析し、その急所となるコアを見抜くセンサー。発見した急所を一撃で貫くことができる電磁剣・イクサカリバー。装備を一瞬で装着するための変身アイテム、イクサナックル——。それらを統合したものがイクサシステムの全容である。

このシステムがある限り、もはやハンターはファンガイアに負けることはない。

イクサはファンガイアに対する絶対的な処刑者となる。

名護は相手を玩《もてあそ》ぶように攻撃した。

これまで人間に対して優位に立ち、見下してきた種族に対する当然の仕打ちだ。

これからは人間がファンガイアを狩る番なのだ。今まで人間がファンガイアによって味わってきた恐怖を、そっくりそのまま返してやる。

名護はファンガイアを痛めつけることに快感を覚えていた。

このままでは殺される——。

ゴートファンガイアはこれ以上イクサに立ち向かうことは無駄だと思った。

相手の隙を突いて十メートルほどジャンプすると、そのまま駐車場の出口を目指して一目散に走りだした。

脚力には自信がある。このまま逃げおおせれば——。

そう考えて出口の目前まで迫ったゴートファンガイアを絶望が待っていた。

駐車場の出口は銃火器を構えた兵士たちによって封鎖されていたのだ。

「撃て！」

女の声が響くと、発射された無数の弾丸が、凍り付いたゴートファンガイアの身体を粉々に打ち砕いた——。


細かいガラス状の破片のようなファンガイアの残骸を眺めながら、麻生恵は胸くそ悪い気分を味わっていた。

名護がアメリカから持ち帰ったイクサシステムはたしかに素晴らしいものだ。

これでハンターとファンガイアの戦いの様相は一変する。それは間違いない。

戦いが有利になるのは、すべてのハンターにとって好ましいことのはずである。

しかし、何かが腑に落ちない。

命をかけた戦いに負けることは許されない。

殺るか殺られるかの戦いに、相手に対する情けなど、差し挟まれる余地はないはずだ。

しかし、恵は今までの正々堂々とした一対一の戦いに愛着を持っていた。

互角の戦力で命の取り合いをして、相手を倒すことで恵の中の戦士としてのプライドが満たされてきたのだ。

それを考えると、圧倒的なイクサの戦力は、なんとなく武士道の精神からかけ離れている気がした。

あまつさえ、本格的なファンガイア撲滅を目指すため、今後〝素晴らしき青空の会〟は警察機動隊や自衛隊と提携するという。

実際、今、恵が指揮を執った兵士たちは自衛隊から派遣されてきた隊員たちだった。

イクサで敵を追い詰め、逃亡するようなことがあれば圧倒的な火力で待ち伏せて粉砕する。それがこれからのファンガイア戦の戦法になるという。

イクサの試験運用が成功すれば、すぐにアメリカから量産されたイクサシステムが日本に送られることになっていた。それはハンターだけでなく、機動隊員や自衛隊員にも支給され、部隊が編制される。

実現すれば、ファンガイアの完全な撲滅が現実のものになるだろう。

名護のいうとおり、それは本来であれば歓迎すべきことなのだが……。

初めてのデート以来、恵はたびたび名護と二人の時間を過ごしていた。一応つきあっている形になるのかもしれないが、二人でいるときの名護との会話はもっぱら仕事の話題――ファンガイアとの戦いについての話が多く、恵が期待していたものとはおよそかけ離れていた。

もちろん男女の関係にもなっていない。恵はもっと違うつきあい方がしたいと思っていたが、名護のほうがそれで満足している以上、変化はなかなか訪れそうもなかった。


「お疲れ様、よくやってくれました」

イクサの装着を解いた名護が恵にねぎらいの言葉をかけてきた。

「なんの苦労もないわ。ただ撃って、倒すだけ」

「これからは、それがハンターの戦い方になるんです」

そう言って名護は恵に笑いかけた。

しかしそれは氷のように冷たい微笑であった——。


名護啓介は外交官の息子として生まれた。何不自由ない家庭で名護は両親の寵愛《ちょうあい》を一身に受けたが、一方で公人の子弟として規律正しく、厳しく育てられた。

自他ともに有能と認め、国家のために働く父は名護の誇りであった。

将来は自分も父のような立派な外交官になる。それが名護の夢だった。

名護の生真面目な性格は生まれついてのものだったが、両親の教育がそれを助長した。

彼は幼いころから非常に優秀な少年だった。運動でも学業でも、クラスの他の少年ができないことを、何でもやり遂げることができた。

そのことが名護を完全主義者に仕立て上げた。

能力がない人間なら、できないことも仕方がない。しかし、自分にはやり遂げる能力がある。物事を完璧に遂行することが、能力のある自分の責任であると名護は考えた。

完全主義者である名護は、完全な正義を求めるようになった。

名護の家族はキリスト教徒ではなかったが、海外での生活が長かったことで、名護自身はその影響を強く受けた。

この世界はつねに神によって見つめられている。

人間の行いは、神が許す善なる行いと、けっして許されざる悪の行いに、名護の中ではっきりと区別された。

そして名護はもっとも多感だった十代のときに、尊敬する父の不正を知った。

一家は非常に裕福で、暮らしになんの不自由もない。それでも人間の欲望には限界がない。名護の父は赴任した現地の企業から賄賂を受け取り、不正な取引を行っていた。そうすることで、私腹を肥やしていた。

もともと厳格な人間だったのだが、大使に任命され大使館を任される権力者となったことで、いつしかその倫理観の箍《たが》がゆるんでいったのだった。

そんな父の不正を咎《とが》める人間がいた。

大使館の職員であった彼は、まず名護の父自身に罪を認め辞職するように迫ったが、それを拒まれると、司法に訴えようとした。

そのやり方は一点の曇りもない、非常に正当性の高いものだった。

当時名護の父が赴任していた国は非常に治安が悪く、強盗や殺人が日常茶飯事のように起きていた。名護の父は人を金で雇い、自分の不正を暴こうとしていた男を殺させた。

もちろんすべての悪事は家族にも秘密で行われたが、聡明な息子の目を誤魔化すことはできなかった。

名護が受けた衝撃を、だれが想像できるだろうか。

この世界でもっとも敬愛する父が、人を殺すという最悪の罪を犯したのだ。

名護の精神は引き裂かれた。

精神錯乱にさえ陥りかけた名護が最後にすがったのは神だった。

名護の父の口封じは成功したかに見えたが、やがて不正は暴かれ、裁判が開かれた。

名護の父は冤罪《えんざい》を主張し、裁判官を買収しようとした。

しかし名護はそれを許さなかった。

人間の行いは、神が許すものと許さないものの二つしかない。

許されない人間は、たとえ最愛の父であっても断罪されなければならない。

名護は自ら証人台に立ち、自分が入手し得たすべての証拠を裁判官の前にぶちまけた。

無罪寸前だった父は地位も名誉もすべてのものを剝奪され投獄された。

有罪が言い渡され、官吏に両脇を固められて法廷を去る間際、父は振り返り証人席にいた名護を見た。

父の目には諫《いさ》めるような、恨むような色が浮かんでいた。

――父さん、どうしてそんな目で僕を見るの？

僕はあなたから教えられたとおりに、正義を貫いただけだよ――。

名護は視線を逸らさずにまっすぐに父を見つめ返したが、両目からあふれてくる涙を止めることができなかった――。


母親は狂ったように泣きながら名護をなじった。

しかし、そのころにはすでに名護の心は鋼鉄でできた箱のように閉ざされていて、彼は母の狂態を見てもなにも感じなかった。

やがて父親の獄死が伝えられた。母親は心労が祟《たた》って病に倒れ、病院のベッドで寝たきりの生活を送るようになった。

名護の信じる正義が、彼から愛するすべてのものを奪い取った。それでも、いや、それだからこそ、名護はその後の人生を正義にすがって生きるしかなくなったのだ。

名護は学校を卒業するとアメリカで警察官になった。

どんな小さな不正もけっして許さず情け容赦なく摘発する名護は犯罪者たちから鬼のように怖れられる警察官となった。

名護が初めてファンガイアの存在を知ったのはそのころである。

種族の本能として人間を襲うファンガイアは、名護からすればその存在自体が悪であり、一生をかけて撲滅するだけの価値のある存在に思われた。

そもそも『悪』がなければ『正義』も存在し得ない。

自分が『正義』であるために、揺るぎのない『悪』の存在を渇望していた名護にとって、ファンガイアの存在は願ってもないものだったのだ。

〝素晴らしき青空の会〟のアメリカ支部に入会し、ファンガイアハンターとなった名護は鬼気迫る勢いでファンガイアを追い立てた。

優れたハンターであるために名護は厳しい努力を自分に課すことも忘れなかった。

他のハンターたちの驚く顔を横目に見ながら名護は自分の肉体をいじめ抜いた。

肉体的な苦痛を感じれば感じるほど、自分の精神が浄化されるような気がした。

アメリカのハンターの中にも、恵のように騎士道精神に満ちた一対一の決闘を好む者がいたが、名護からすれば、それは価値のないセンチメンタリズムだった。

名護にとってファンガイアを退治することは害虫駆除となんら変わりはない。

戦いに無駄な感情は必要ない。

たとえ相手に怒りや悲しみの感情があろうが、家族がいようが、彼らは神に背いた命であり、その命は神に返すべきものだったからだ。

名護がめざましい戦果を上げたことを受けて、いよいよ量産されたイクサシステムが日本にも配備されるらしい。

それを聞いて恵は憂鬱な気持ちになった。

圧倒的なイクサの強さは、戦いを一方的な殺戮《さつりく》に変えてしまう。

そのことが恵を戸惑わせている。しかもさらに恵を沈鬱な気持ちにさせる要因をイクサシステムは持っていた。

それは人間の姿をしたファンガイアを判別する能力だった。

最初にその機能のことを聞いたときは、たしかに便利な機能よね、としか思わなかったが、考えれば考えるほど、それは恐ろしい機能であることがわかった。

これまでファンガイアハンターは殺人や傷害事件を捜査し、その犯人を捜しだし、その人物がファンガイアであると特定してから戦うという手順を踏んでいた。

または普段の捜査によってリストアップされたファンガイアの中から、とくに人を襲う習慣のあるものをマークし、監視することでその襲撃を未然に防いできた。

それは信賞必罰、罪を犯した人間に対して法律が適用されることと、ほぼ同じだった。

だが、名護の考え方は違う。

ファンガイアは存在そのものが罪であるという。

しかしファンガイアの中には人を襲うことなく、人間社会にまぎれこんで平穏に暮らしている者もいる。先日倒したエリートサラリーマンはそんなファンガイアの一人だ。

はたして彼らに殺されなければならないような罪はあるのだろうか？

たしかに、ファンガイアは人間とはまったく違う次元の存在である。

動物に人間の法律が適用されないように、ファンガイアを人間と同じ尺度で測る必要はない。ましてや相手は人間の命を自らのエネルギーとして吸い取る、いわば人間の天敵なのだ。

恵自身、祖母をファンガイアによって殺されている。ファンガイアに対する憎悪は人並み以上に持っていると思っている。

この世界にファンガイアがいなければ、犠牲者は増えずにすむ。

——そう考えてもなお、恵の気持ちは晴れなかった。

○

組織的なファンガイア狩りは、もはや人目を避けることができなかった。

大規模な戦闘が予想されるときは、周囲の住人を退避させ、非常線が張られるなどの対策が講じられたが、非常線の中で何が行われているのか、そのことに人々の興味は惹きつけられる。

都市伝説のように広まっていたファンガイアの存在も、いつしか公然の事実となり、人々はその存在に恐怖するようになっていった。

そして、ファンガイアが人間の姿を借りて社会の中に潜んでいることが知れわたると、今度は疑心暗鬼が人々を支配した。

自分の隣人は、知り合いは、ファンガイアではないのか？

あの人はどうなんだ？　この人は大丈夫か？

表立っては口にはしないものの、静かな不信感が暗雲のように社会を覆っていった。

人間が持つもっとも忌むべき習慣は差別である。

普段は差別のない明るい社会を、と言っていても、それはほんのちょっとしたきっかけで伝染病のように社会に蔓延《まんえん》してしまう。

もっとも原始的な差別である性差別にはじまり、人種、容姿、身分……。正しい根拠などなくても、自分が他者よりも優位性があるという理屈が付けば、人間は簡単に差別に流れる。

そして差別はえてして社会の序列で下位に位置づけられている者から順に広まってい

く。自分より下位の人間を想定して、優越感を得たいという欲求が強いからだ。

ファンガイアに対する疑心暗鬼が差別の材料として供されたのは必然だった。

日頃から自分が気にくわないと思っている人間に対してなんの根拠もなく、あいつはファンガイアに違いないと誹謗《ひぼう》する行為が、どす黒い染みのように、社会の中にじわじわと広がっていった。

子どもたちの小さな社会である学校もまた同様である。静香が通う学校も、徐々にではあるがその流れに浸食されつつあった。


西日の差しこむ教室で、静香は帰り支度をしながら級友たちの口さがない噂話を耳にして、嫌な気分を味わっていた。

こういうとき、静香はクラスの中の人間関係から自分が一歩退いた存在であることにつくづく安堵《あんど》する。いじめの対象になっている生徒を救ってやりたいとも思うが、自分が新たな標的にされることを考えると、そういう生徒に対しても分け隔てなく接してあげることが、静香にできる精一杯のことだった。

ガールフレンドの電話で飛びだしていったあの日以来、渡は洋館に戻っていない。

一方的な恋心ではあったが、静香にとってそれは間違いなく失恋であり、あの日以来、心に空虚を抱えて日々を過ごしてきた。

そんな中でも、静香はバイオリンの練習だけは毎日欠かさなかった。

一日練習を怠ると、技術は三日分後退する。それが渡の教えである。

もしも渡があの洋館に戻ってきて、レッスンが再開されることになったとき、へたくそになっているのは嫌だった。

バイオリンを弾き続けることが、静香にとって渡との間につながれた、か細いけれど唯一の絆なのだ。

まだ望みはある――。

我ながらあきらめが悪いと思うけれど、渡の自分に対する気持ちを確かめていないことが、静香にとっては救いだった。

帰り支度を整えて教室を出るときも、まだクラスメイトの噂話が続いていていてうんざりする。どうしてこの子たちは他人に対してこんなに攻撃的なんだろう。自分は自分のことで精一杯なのに。

それに――と静香は思う。

ファンガイアというものは、本当に人々が考えているような邪悪な存在なのか？

巷間《こうかん》、伝聞として広まっているファンガイアの外見的な特徴は、身体にステンドグラスのような模様があるということだけだった。

じつは、静香にはそういう存在に見覚えがある。

いや、長い間、それは記憶なのか、白昼夢のように見た自分の妄想だったのか定かではなかったのだ――。

静香が小学校の低学年のころ、一人の女の子がクラスに転入してきた。

静香は転入生が珍しくて、なんとか友達になりたいと話す機会をうかがっていたが、その少女には他人から声をかけられることを拒絶するような空気があり、なかなかチャンスは訪れなかった。

転入生の少女は、その雰囲気が禍《わざわい》して、次第にクラスで浮いた存在になっていった。

本人は気にしていないらしく、休み時間は一人で本を読んでいることが多かった。

ある日、少女が読んでいる本を覗《のぞ》きこむと、たまたま静香も読んだことがある本で、それをきっかけによく話すようになった。静香はとりたてて本が好きというわけではなかったけれど、本当にたまたま読んだことがある本だったのだ。

つきあってみると、取っつきにくい外見の雰囲気に反して、少女はめんどう見が良く、花や小さな生き物を愛する優しい性格で、静香は彼女から花の名や虫の名をたくさん教えてもらった。

やがて少女は当たり前のように他の生徒たちのいじめの対象になった。

無視されたり、ものを隠されるといった陰湿ないじめがたびたび起きたが、静香という唯一の友人がいたこともあって、少女はいじめを気にしていないような態度を貫いていることができた。

むきになれば、相手はますますおもしろがるだろう。賢明な彼女はそれを知っていた。

彼女が逆上したのは、大切にしていたお守りを目の前で奪い取られたときだった。

それはお母さんが彼女に渡したもので、それを身につけていると、神様が身を守ってくれるのだという話を静香は少女から聞かされていた。

クラスの数人の少女たちは、それが大切なものだと知っていて奪ったのだ。

靴を隠されても相手にせず、靴下を履いただけの足で家まで帰ったその少女が、そのときだけは必死の形相になり、逃げる相手をどこまでも追いかけていった。

静香もそのときは少女のことが心配になり、あとを追ったのだ。

やがて人気のない学校の裏の空き地にたどりつくと、クラスの少女たちはそのお守りを水たまりの中に捨て、足で踏みはじめた。

遅れてきた静香が息を切らして現場に着いたとき、少女にその変化は起こった。

彼女の顔にステンドグラスのような模様が浮かび上がったのだ。

少女は目にも止まらぬ素早さでお守りを奪ったクラスメイトたちに襲いかかると、子どもとは、いや、人間とさえ思えない力で、叩き伏せた。

静香にはその瞬間、少女の姿がどう猛な野獣に見えた。

あとで伝えられた話では、クラスメイトたちはそれぞれ骨折や内臓損傷などの重傷を負っていた。彼女たちは地面を這いずりうめくしかなかった。

泥まみれになったお守りを大事そうに拾い上げて、それから少女は立ちすくんでいる静香のほうを振り返った。

朦朧《もうろう》とした記憶の中でも、少女が自分を見つめていた胸を刺すような悲しい瞳だけは、はっきりと思いだすことができる。

彼女は現場を去り、静香はあわてて先生を呼びに走った。

翌日から彼女は学校には来なかった。やがて担任の教師が彼女は転校したのだと告げ、それ以来静香は彼女に会っていない。

あの子がファンガイアだったとすれば、ファンガイアは噂で広まっているような恐ろしい存在ではない。むしろ悪いのは人間のほうだ。

今、世の中で起こっていることが、静香が小学生のときに体験したことと同じことだとしたら――。

静香は転校生の少女の痛ましい瞳を思いだしながら、家路をたどった。

鈴木深央が涙ながらに電話をかけてきたあの日から、渡は洋館に帰らず深央の部屋で暮らしていた。

深央は渡を必要としていたし、渡自身も深央の気持ちに応えることで精神の充足を得ることができた。

外の世界を知るようになって、渡の心はそれまで感じなかった渇きを覚えるようになった。それはだれかとつながっていたいという気持ちだった。

渡はそのつながりを静香に求めようとした。

しかし、渡の中の何かがブレーキをかけた。

静香にそれを求めることは危険だと、心の中でサイレンが鳴った。

深央とつながろうとするとき、その警告は聞こえない。

なぜなのか理由はわからなかったが、深央と暮らす日々は渡に安らぎを与えてくれる。

○

「お疲れ様でした」

紅渡は大きな声でファミリーレストランで働くバイトの同僚たちにそう声をかけると、次のバイト先である工事現場にむかって走りだした。

ただし経済的なことを考えると、安穏としてばかりもいられなかった。

なにしろ深央には生活力というものが決定的に欠如していた。

働きたいという意欲は強いのだが、どんな仕事をしても長続きしない。

それは深央の不器用さに起因していて、仕事の上での失敗をすることも多かったし、引っ込み思案な性格が禍していじめの対象になり、職場にいられなくなるということも一度や二度ではなかった。

渡には蓄えがあったが、二人でそれを頼ってしまったらあっという間に枯渇《こかつ》するであろうことは想像に難くない。

仕方がないので二人でバイトを探した。

これまで外で働いたことのない渡にバイトが勤まるかはじめは不安も大きかったが、実際に働きはじめてみると意外に渡は何をやらせても要領がよく、どんな仕事もそつなくこなすことができた。

実入りがいいのと身体を鍛えてみたいという好奇心から工事現場の肉体労働もはじめてみた。

現場の足手まといになるかと思ったが、一生懸命働いていると、同僚のベテラン労働者たちが助けてくれた。

日に日に渡の手足には筋肉が付いていていて今ではそれを確かめるのが渡の楽しみになって

いた。

その日払いの賃金で、コンビニで深央の好きな甘いものを買って帰る。

家のドアを開けたとき、笑顔で迎えてくれる相手がいるということはこの上ない喜びだった。

渡と同居するようになってからは、不思議なことに深央の仕事も順調に続くことが多かった。渡という支えを得たことで、深央の態度に落ち着きが出てきたのかもしれない。

深央との暮らしは平和に続いていくように思われた。

しかし、最近になって、渡には深刻な変化が訪れていた。

それを初めて感じたのは、バイト先へむかうバスに乗っているときだった。

普段はこんでいて座ることなどおぼつかないバスの座席が、その日はぽつぽつと空いていて、渡はそのひとつにありつくことができた。

座席はなるべくたくさんの乗客を乗せるため省スペースでつくられており窮屈で、座ると前に座った乗客の後ろ姿が、息がかかるくらい目前に見えた。

渡の前の座席に座っていたのは若い女性らしく、顔は見えないがアップにした髪型で、白く細い首筋に後れ毛が揺れている。

見るともなしにそれを見つめていたとき、重い鎖がガチャリと音を立てて解かれるように、渡の体内で何かが動きだした。

それまで封印されていた獣が渡の中で暴れはじめたかのようだった。

キバに変身するときに近い衝動が、ドクンという大きなひとつの鼓動とともに沸き上がってきて、渡はそれを必死で抑えた。

喰《く》え――喰ってしまえと乱暴に呼びかける声が内耳に響きわたる。

渡は必死にそれを拒絶して首を振った。

自分の不可解な挙動を周囲に悟られていないか、あわてて見回す。幸い、他の乗客は渡のことを気にとめていないようだった。

このままバスに乗っていてはいけない。

渡は降車を知らせるボタンを押すと、次の停留所でバスを降りた。

最寄りの店舗のウインドウに顔を映してみると、思ったとおり、頬にうっすらとステンドグラスの模様が浮かび上がっている。

その初めて覚えた衝動が、自分の中に潜んでいたファンガイアの血によって呼び起こされたものだということを、渡は直感的に理解した。

柔らかな日射しの差しこむ洋館の二階の部屋で、静香に対して感じた胸の高鳴りとはまったく違う。

もっとずっと直接的に、目の前にいる人間を捕食したいという動物的な欲求である。

渡は歩道にしゃがみこみ、目をつぶり、必死で精神を集中した。そうしていないと我を忘れてだれかに襲いかかってしまいそうだった。

渡は自分の中にファンガイアの血が流れていること、それが自分を支配するだけの影響力を持っていることを自覚せざるを得なかった。

しかし、なぜ今になって——。

渡には突然自分に起きた変化の理由がわからなかった。

その場はなんとか抑えこむことに成功したが、その後も衝動はくり返し渡を襲った。

そして今日も——。

次のバイト先にむかうために駅のホームに立ち、電車を待っているときにそれはやってきた。停車位置にいた渡の前に、二人組の若い女が割りこんできたのだ。

渡の前に立った女の服は背中が大きく開いており、化粧の甘い匂いと混じりあった汗の湿った臭気が渡の鼻腔《びこう》をくすぐった。

その白い肌に牙を立てたいという欲求が膨れあがる。

渡はあわててその場から離れようとしたが、意識とは裏腹に、身体は本能の支配から逃れることができず葛藤した。

渡は歯を食いしばり、必死で意識を集中する。そうしていても欲望はどんどん膨らんでいき、人間としての自我が押しつぶされそうになる。

人間を襲ってしまったら、もはや自分はただのファンガイアでしかない。これまでキバとなってその罪を裁いてきた幾多のケダモノたちと同じ存在に成り下がる。そうなれば、もはや自分に生きている資格はない。

だがそれは、人間としての考え方だ。

もし渡が人間であることをやめたとしたら――。

身も心もファンガイアとなって本能のままに生きる道を選べば、この苦しみから解放されるのだろうか。

悪魔のささやきに、ほんの一瞬魂を奪われそうになり、渡はあわてて我に返った。

だめだ！　そんなことは許されない。

これまで自分は人間として生きてきた。人間側の理屈に立って人間を襲ったたくさんのファンガイアたちを殺してきた。その自分がいまさらどうしてファンガイアとして生きることができるだろうか――。

人間とファンガイア、二つの種の主張が渡の中で激しくぶつかりあい、身体が張り裂けそうな感覚に陥る。渡は低くうめき声をあげた。

そのとき――。

線路を隔てたむかい側のプラットフォームに、渡は見覚えのある人影を認めた。

静香だった。

渡には気づかず、電車が来る方向を見るともなしに眺めている。両脚をそろえ、背筋を伸ばしてまっすぐに立った静香の姿は凜として、夕刻のホームの人混みの中でも際だって見えた。

静香の顔を見るのは一ヵ月ぶりくらいのはずだったが、渡にはもう何年も会っていないように感じられる。

洋館の二階の部屋でバイオリンを教えていたときの、静香の一途な眼差しが蘇った。無邪気に笑う笑顔、弦の上を走る細い指先、逆光に金色に輝いた首筋の産毛――。静香にまつわるすべての記憶があたたかいものとして渡の中にあふれだした。

すがりつきたい気持ちに駆られて渡は走りだした。

むかいのホームに行くために、階段を一気に駆け上がる。

静香との関係を一方的に投げだしたことへの良心の呵責《かしゃく》を感じている余裕はなかった。今はただ、静香の顔を間近で見たい。その思いだけが渡を突き動かしていた。

静香がいたホームへと続く階段を駆け降りようとしたとき、電車が入ってくるのが見えた。降車した人の群れが階段を上がってきて、渡の行く手を塞ぐ。

それをかき分けてなんとかホームにたどりついたとき、すでに電車は走りだすところだった。荒い息を吐きながら見回したが、すでにそこに静香の姿はなく、渡は遠ざかっていく車両の尾灯を見送るしかなかった。

膝に手を突いて息が整うのを待つ。

冷静になるにつれ、自分はいまさら静香に会って何を話すつもりだったのだろうという疑問が浮かんでくる。

渡はもう静香には合わせる顔がないと思っていた。

あれ以来、バイオリン教室も一方的に中断したままだ。大人として無責任で、責められる理由としては充分だ。

しかし今にして思えば、静香に対する後ろめたさの理由はそれだけではない。

渡は洋館を飛びだしたあの日、静香と深央を天秤《てんびん》にかけた。あのときすでに、静香は渡にとって、ただのバイオリン教室の生徒ではなかったのだ。

静香に対して感じる胸の高鳴りを、ファンガイアとしての欲望だと思いこみ、いつか静香を襲うのではないかという恐怖から逃げるために渡は深央のもとへ走った。

だが今ならば、それが間違いであったことがわかる。現在、渡を襲っているのは、あのときとは比べものにならない暴力的な衝動だ。だとしたら、あのころ静香に対して感じていた感情の正体は何だったのか――。

答えはわかっていたが、それは肯定することができないものだった。

そして渡は、気がついた。

人間を捕食したいというファンガイアとしての本能の疼《うず》きは、渡の身体から完全に去っていた――。

第七楽章

「いやだ。行きたくない。おまえと家にいる」

「私だっていてくれたほうがうれしいけど、仕事なんだから仕方ないでしょ、ほら」

早めの軽い夕食をすませたあと、ゆりは、子どものようにだだをこねる音也の背中を押してなんとか玄関まで連れていった。

二人がゆりの部屋でいっしょに暮らすようになって三ヵ月が過ぎていた。

今夜は街のコンサートホールで開かれる小規模な演奏会でゲストとして演奏することになっているのだ。

このところ、音也はずっと家にいてゆりにベタベタしていた。

ゆりはカフェ・マル・ダムールのバイトを続けていたし、ファンガイアハンターの仕事もやめたわけではなかったので、定期的に仕事に出ていたが、それ以外の家にいる時間はつねに音也が側にいて、買い物などにも二人で出かけていた。

音也が仕事のために出かけるというのは本当に久しぶりのことだった。

フリッツ・フォン・マイエルとの共演のような大きな仕事をすれば、まとまった金が転がりこむ。

しかし音也はあまり人が多く集まる演奏会でバイオリンを弾くことを好まなかった。

大きな演奏会で弾けば人々の注目が集まる。あまり有名になり顔が知れわたることで、自由気ままな暮らしができなくなるのが嫌だった。

また聴衆が大勢になればなるほど、音楽を聴く耳を持たない客がまぎれこむ。そういう連中に自分の音楽を聴かせるのはおもしろくないと思っていた。だから定期的に、ギャラは安いけれど落ち着いて演奏のできる小さな演奏会の仕事を入れていた。

また一方で、音也はレストランや酒場で酔客を相手に演奏するのが好きだった。そういう場所の客にはもちろんクラシック音楽に対する理解などなかったが、演奏に対する反応ははっきりとしていた。よい演奏ならやんやの喝采《かっさい》となり、耳障りと思えば怒りだす。そういう生々しい反応をする客の前で演奏するのは楽しかった。

音也は音楽は生活の中にあるべきだと考えていた。コンサートホールの仰々しい雰囲気の中で、硬く身構えた客を相手に演奏するのも悪くはないが、そういう音楽は化粧箱に入れられリボンをかけられているようなものだ。音楽はもっと身近に、普段の生活と密着してあるべきだと音也は考えていた。それには、新聞紙に包まれて売られる焼き芋のようなあり方が望ましい。

今日のコンサートはそこまで大衆的なものではなかったが、子どももやってくるような、気さくな演奏会だった。

コンサートホールの楽屋に入るなり、一人の女の姿が目に入った。

今日の演奏者の一人だろうか、自分のバイオリンケースをテーブルに置き、椅子に座ってじっと真っ正面を見据えていた。

その女は上から下まで完全に黒一色のドレスを身にまとっていた。

クラシックの演奏会で奏者が黒を身につけるのは珍しいことでもなんでもないが、その女の服装は、普通の女性奏者の装いとはどこか趣《おもむき》が違っていた。

モノトーンではあるが、フリルやレースで華美に飾られたドレスにはこころなしか少女趣味が感じられ、生身の人間が着るよりも、人形が着たほうが相応しいものに見えた。この時代にはその言葉はなかったが、後にゴシックロリータと呼ばれるスタイルである。

しかし音也の目が女に釘付けになったのは、その服装のせいではなかった。

女は現実に存在することが信じられないほど美しい顔立ちをしていた。

整った形をした鼻梁《びりょう》、黒真珠を思わせるあでやかで大きな瞳、それを縁取る長いまつげ。知的で上品な顔立ちにアクセントを添える、野卑にならないギリギリのラインで肉感的な唇。そして顔の輪郭の奇跡的な美しさ――。

美しさというものはその極北に近づくと見るものに恐怖感を与えるものだが、その女の顔にも見るものに畏怖を抱かせる凄みがあった。

その表情は愁いを帯びて、どこか儚《はかな》げな印象を与える。

音也は相手から流れてくる音楽を聴く。

このときも、音也は彼女から流れてくる音楽に耳を傾けた。

しかし不思議なことに彼女からはどんな曲も聞こえては来なかった。

強いていえば、静寂という名の音が、その女の身体から流れだしているようだった。


「きみは今日の演奏者か？」

音也は女の隣の席にどっかり腰掛けると、足を組みながらそう聞いた。

「そうよ」

リハーサルのときは別のバイオリニストがいた。おかしいと思って主催者に確かめると、急病になったため、あわてて別の奏者を呼んだのだという。

練習もなしにいきなり本番かと驚いたが、曲目はプロの演奏者なら弾いたことがあるであろうメジャーなものだったし、仮にこの女が未熟でも、音也なら合わせてやれる自信があった。

「よろしく。俺は紅音也だ」

「真夜《まや》よ」

音也が差しだした手を軽く握り返した女の手はしっとりとして冷たかった。

「終わったら飯を食いに行こう。近くにワインの美味い店を知ってる」

音也が女性を誘うことに、恋人の存在の有無は関係ない。

美人を見たら声をかける。

それは音也の本能だった。

イタリアでは、たとえ恋人とデートの途中であっても、若い男は女性に声をかける。

奥手で恋愛下手な国民性の日本人は、やっかみ半分で目くじらを立てるが、イタリアではむしろそれが礼儀なのだ。

音也は十代のころイタリアで音楽修業をした経験がある。

しかし美しい女性に声をかける作法はべつにイタリアで身につけたものではない。もとより紅音也とはそういう男なのだった。

真夜と名乗った女は音也の誘いに対して軽く首を傾げただけで、イエスともノーとも答えなかった。

一瞬きょとんとした表情は無垢《むく》な少女のように見えた。

こういう場合、口でなんと言おうとその気があるかないかは態度に表れる。

みじんもその気がない場合は拒絶がはっきりと見て取れるし、多くの場合、表面上は無理と言っても、ちょっと誘いに乗ってみようかという好奇心が垣間見えたりするものだ。

しかし真夜の反応からは音也の能力、経験をもってしても、なんの意志も酌みとることができなかった。

不思議な女だと音也は感じた。

恋愛の第一歩が相手に対して関心を持つことだとすると、音也はそれを踏み越えてしまったことになる。

真夜に声はかけたが、自分にはようやく結ばれたゆりという恋人がいる。

この状況で易々と別の女に惚れるほど、自分は安っぽい人間ではないというのが音也の自己評価だった。

音也は真夜のいるテーブルを去り、自分のバイオリンを取りだして演奏前のチェックをはじめた。


その日の舞台には四人の演奏者が上がった。第一バイオリンが音也、第二バイオリンが真夜。そしてビオラとチェロが一人ずつという編成だ。

曲はモーツァルトの弦楽四重奏。

音也にとっては眠っていても演奏できる曲目だった。

目で合図をすると、四人の楽器の弦がいっせいに音を奏ではじめる。

モーツァルトのメロディは穏やかな春の情景をあでやかに描きだしていく。

演奏がはじまってすぐ、音也は「ほお」と思う。

この女、なかなかやるじゃないか。

真夜のバイオリンは音也の演奏にぴったりとついてくる。

自分の旋律をしっかりと主張しつつ、しかし必要以上に前に出ようということもなく。

ぶっつけ本番でここまで弾ける奏者はそういない。

こんな自治体主催の市民コンサートで出会えるとは。

音也はうれしくなって、演奏のレベルを一段階上げてみた。

ビオラとチェロのことがほんの少しだけ気に掛かったが、彼らの技量では演奏が変わったことにさえ気がつくまい。

さりげない旋律に音也でなければ表現できない豊かな情感を乗せてみる。そうかと思うと、下手な奏者であればここぞとばかりに歌い上げたくなる箇所に、繊細で細やかなニュアンスをこめてみる——。

音也が予想したとおり、真夜は表現力を高めた音也の演奏にしっかりと合わせてきた。

よし、このままどこまで行けるか試してやる。

真夜がきちんとついてくるのを確かめながら、音也はさらに高次元へと演奏のレベルを上げていった。

驚くことに、真夜はどこまででもついてきた。

顔を見ると、音也のしかけに気づいているはずなのに、その表情にまったく変化はなく、とっくに暗譜しているはずの譜面をひたすら追うようなそぶりでバイオリンを響かせている。

やがて、音也はしかけているのが自分なのか、真夜によってしかけられているのかわからないような錯覚に陥ってきた。自分がリードされるのでは本末転倒だ。

しかしそんな焦りもほんの一瞬のことで、音也はかつて体験したことのない素晴らしいアンサンブルに酔いしれた。

この快感は、技量を極めたものでなければ味わえない。バイオリン奏者としてこれに勝る悦楽はないと思えた。

演奏が終わると、ホールの中は一瞬静まりかえった。

一般の聴衆にも、二人の演奏の素晴らしさは伝わったのだろう、呆気にとられたような間があって、それからぱちぱちとまばらにはじまった拍手が次の瞬間割れるような喝采となった。

音也は自分の気持ちが昂《たか》ぶっているのを感じていた。

ビオラとチェロの奏者も感動のあまり目に涙を浮かべている。

真夜はというと、相変わらずなんの感情も読み取ることができない、人形のような無垢な表情で観客からのアプローズを浴びていた。

演奏会が終わったあと、音也は真夜が帰り支度を整えるのを待って声をかけた。

帰り支度といっても、自分のバイオリンをケースにしまうだけ。驚いたことに、真夜が着ているドレスはステージ衣装ではなく普段着らしく、彼女は着替えもせずにそのまま帰ろうとしていた。

「なかなかいい演奏だった。今夜は俺がおごろう」

真夜はそれが食事への誘いだと理解するまでに少し時間がかかったようだった。

「今夜はいいわ。お腹が空いていないから」

そういうと、すたすたと出口のほうへ歩きはじめた。

「待ってくれ、またきみに会いたい。どこに行けば会える？」

その言葉を聞いて、初めて真夜の顔に感情らしいものが浮かんだ。

真夜はわずかだが険しさをこめた眼差しで、射るように音也の顔を見た。

「会ってどうするというの？」

「そうか。回りくどい言い方をしてすまなかった。俺とつきあわないか？」

「つきあう？」

真夜の顔がまた幼い少女のような無垢な表情を浮かべる。

「つきあうってどういうこと？」

真夜は無知を装ってはぐらかそうとしているのでなく、本心から尋ねている。音也はそう感じた。

「まず、二人で美しい音楽を聴こう。二人で美味いものを食べよう。それから、二人できれいな景色を眺めるんだ」

「あなたと、二人で？」

「そうだ。そして愛について語りあおう」

「愛？」

「ああ」

「愛って、何？」

「愛は愛だ。愛としか言いようがない」

「わからないわ」

そう言うと真夜は音也に背を向けた。

惚《とぼ》けているのでも、拒絶しようとしているのでもない。わからない、という真夜の言葉が、そのまま本心なのだろう。

音也がなすすべなく立ち尽くしていると、真夜が振り返った。

「私に会うつもりがあるのなら、暁町《あかつきちょう》に来て」

もう縁がないものとあきらめかけていた音也にとって、意外な言葉だった。

「わかった。かならず行く」

「これ以上は教えられないわ」

「きっと見つけだすさ」

音也はそう言って片手を上げて見せた。

別れ際に真夜が微かに微笑んだように見えたが、気のせいだと自分に言い聞かせた。

それから毎日のように、音也は暁町に出かけていった。

なるべくゆりが仕事に出ていく時間を選んだが、ゆりが家にいる日でも運動のためにちょっと歩いてくるなどと言って家を出た。

家でゴロゴロベタベタしてばかりいる音也に、以前から運動不足解消のために身体を動かしたほうがいいと苦言を呈していたゆりは素直に喜んだ。


暁町というのは陰鬱《いんうつ》な空気の漂う街だった。

規模は大小さまざまだったが工場が多い一帯で、その合間を縫うようにして今にも崩れ落ちそうな低所得者用の住宅が立ち並んでいる。

街はくすんでいて空気は埃《ほこり》っぽく、人影は少なかった。コンクリートで護岸された川の水は工場廃液で濁っている。金属が金属を打つ甲高い響きが町のあちこちで鳴りわたっていた。

この街に本当に真夜が住んでいるのだろうか。

言葉は限りなく疑わしかったが、あの晩の真夜の表情は嘘をついているようには見えなかった。

真夜の姿を求めて街を彷徨《さまよ》っていると、音也は自分がまるで、モンスターが巣くうダンジョンの中を輝く宝物を求めて冒険する勇者になったような気分になる。

一週間以上通い詰めたが、真夜は見つからなかった。

たまに、自分はなにをしているのだろうと、馬鹿馬鹿しい気分になるときもあったが、幻の女を求めてこうして街を徘徊《はいかい》しているというのも、それはそれで悪くないと考えるようになった。

音也が何かに取り憑《つ》かれたようにその街を訪れ続けて二週間が経過した。

音也は濁った川の水面を見つめながら、真夜の顔を思いだしていた。

この街を彼女が歩いていたら、それはどんな風景になるのだろう。

音也は目の前の街の風景の中に、空想の真夜を配置してみた。

そして「おや？」と思った。

なぜかしっくり来ない。釈然としない違和感を感じた。

なぜだろう？　どうして真夜はこの風景に似つかわしくないのだろう。

その理由をしばらく考えた末に、音也ははっと気がついた。

答えは真夜の服装だった。

音也の記憶の中の真夜は、華美に飾られた漆黒のドレスを身にまとっている。

あのドレスはステージ用の衣装かと思ったが、着替えもせずに帰っていったところを見ると、あれが真夜の普段着なのだ。

この街の風景の中に、黒いドレスを着た真夜の姿はおよそ馴染《なじ》まないものに思われた。

もし真夜があの姿のままでこの街を歩いている可能性があるとしたら、それは――。

夜だ――。

今は昼間だから、この街の埃っぽい白っちゃけた空気に、真夜の姿は相応しくないが、夜の闇にならば美しく溶けこむことができるだろう。

なるほど道理で何度訪れても真夜に会えないわけだ。

音也は一度として、夜にこの街にやってきたことはなかったのだから。


その日、ゆりとの夕食が終わったあと、音也は友人に会うといって家を出た。

ゆりは音也の行動を詮索するでもなく、風邪をひかないようにとだけ言って彼を送りだした。


想像したとおり、暁町は夜の闇の中に沈んでいた。

それは昼間とはまったく違う、この街の夜の顔だった。

街にこびりついた垢や汚れは、薄闇というベールに覆われて見えなくなっていた。

代わりに目を惹くのは、工場の建築物が織りなす複雑なシルエットだった。

それは黒いレース模様のようにこの街を美しく縁取っている。

ここだ。

この風景の中にこそ、ゴシック調のドレスを身にまとった真夜の姿は相応しい。

夜空には満月が輝き、月光が冷ややかに街を包みこんでいるようだった。

音也は川沿いに歩いてみた。

昼間は薄汚れたドブのように見えた川は、月の光を反射してキラキラと輝いている。

やがて小さな水門が見えてきた。

はたして、音也の思い人はそこにいた。

真夜はあの夜と同じ黒いドレスに身を包み、水門のコンクリートに腰を下ろして月を見上げていた。

その姿は思ったとおり街の風景に馴染《なじ》んでいる。真夜のいる風景は、人物を控えめに配置した一枚の風景画のように見えた。

音也はゆっくりと真夜に近づいていった。

「やっと見つけた」

そう声をかけると、真夜はゆっくりと音也のほうを振り返った。

「もっと早く来るかと思っていたわ」

「すまない。きみが夜の世界の住人だと気づくのに時間がかかってしまった」

真夜はまた夜空を見上げた。

「ここで何を？」

「月を見ていたの」

「ああ、きれいな月だ」

「そうでしょう。こうして月を見ていると、いろんなインスピレーションがわいてくる」

「月は人を狂気に導くって、聞いたことがある？」

「そうなの？」

「ああ。とくに満月は危ない。英語のルナティックって言葉を知ってるか？『狂気に満ちた』という意味だ」

不安そうに眉を曇らせた真夜を見て、音也はちょっと意地悪く笑って見せた。

「狂気は悪役とばかりは限らない。平凡な精神状態のときは、平凡な表現しか生まれない。精神が狂気の淵《ふち》に近づいたとき、はじめて非凡な発想が生まれる。そう思わないか？」

「月を見ているといろんな発想が浮かぶのは、私が狂気の淵を覗きこんでいるから？」

「そうかもしれないな」

「おもしろいわ」

「おもしろいだろう」

真夜は小さな子どものようにこくりとうなずいた。

「きみはずっとこの美しい月を一人で見ていたのか」

「そうよ」

「この美しさを、だれかに伝えたいとは思わなかった?」

「美しいものを見て話をするのは楽しいことね」

「そうだろ」

「これがあなたの言っていた『つきあう』ということ?」

「ああ、そうさ」

「じゃあ、あたしたちはもうつきあっているのね」

「まだその入り口だ。これからいろんな話をして、お互いのことを知っていくうちに、愛は深まっていくんだ」

「愛が?」

「そう」

「愛というのは、そういうものなの?」

「それだけじゃない。愛にはいろんな形がある」

「そう……難しいのね」

「愛について知りたいのか」

「ええ。ずっと知りたいと思っていたわ。あなたは私に愛を教えてくれるの？」

「ああ、教えてやる。時間はかかるかもしれないが、かならず教えてやるよ」

そのとき、初めて音也は真夜の微笑を見た。

無表情のときでさえ美しい真夜の顔がほころぶと、音也は気が遠くなりそうになった。

それは自分がだれで、今どこにいるのか、それらすべてを忘れてしまいそうになる笑顔だった。

月を眺めすぎたかな、と音也は独り言のようにつぶやいた。

○

「じゃあ、行ってくる」

「行ってらっしゃい、早く帰ってきてね」

ゆりとお出かけのキスを交わすと、音也は仕事に出かけていった。

最近の音也は以前と違って積極的に演奏活動を行うようになっていた。

音也が家を空けることが多くなったことは、ゆりにとっては寂しい反面、ホッとすることでもあった。

自分と暮らすようになって以来、音也は家でゴロゴロとしていることが多かった。ゆりも働いていたし、音也が大きな仕事で得た金がまだ残っていたので、生活に困ることはなかったが、ゆりは別の不安を抱えるようになった。

音也は天才的な芸術家だ。世間の評価だけでなく、ゆり自身音也の奏でるバイオリンの音色に心を揺さぶられた経験があるのだから、それは疑いようがない。

しかし、そんな天才的な才能を持っていても、使わなければそれは鈍ってしまうのではないか。

いっしょに暮らすようになって以来、ゆりは音也のバイオリンの演奏をまともに聴いていなかった。

一度、音也が夕食のあとにゆりのためにとバイオリンを弾きはじめたことがあったが、三分も経たないうちに隣室の住人にうるさいと怒鳴りこまれた。

そのときは俺の演奏の素晴らしさがわからないのかと激高する音也をなだめるのにひと苦労だった。

それ以来、家の中では音也はバイオリンを弾いていない。

音楽の才能のことだけではなかった。

初めて音也に出会ったころ、音也はもっとギラギラしていたような気がする。

気障で見栄っ張りで、女と見れば誰彼かまわず声をかけて誘惑する、そんなバイタリティーが全身からあふれていた。

あれが音也という男の本来の姿なのだろう。

では、今自分といっしょにいる音也は？

ゆりとの甘い生活に安住するようになってからは、音也からあのころのエネルギーは感じられなかった。

彼がつねに側にいてくれて、自分を支えてくれることはゆりにとっては有り難いことだった。

もちろん、音也への気持ちはつきあいはじめたころも今もなんら変わらない。

しかし音楽への情熱を失ってしまったようにさえ見える音也の変化が、自分のせいだとしたら――。ゆりはいたたまれない気持ちになる。

音也ともっと音楽の話ができたらいいのに。

しかし、ゆりには音楽を語る言葉の持ち合わせがまるでなかった。

このまま音也が音楽家としてダメになってしまったら、いったい自分はどうしたらいいのだろう。

そんな心配を抱きながらこの一ヵ月あまりを過ごしてきた。

しかし、それは杞憂《きゆう》だったようだ。

最近の音也は見違えるように音楽への情熱を取り戻している。

おそらく音楽から離れている自分というものに飽きたのだろう。

演奏の仕事にも頻繁に出かけるようになったし、帰ってくるとその日の自分の演奏のこと、共演した演奏者のこと、観客の反応のことなどを饒舌に話してくれる。

ゆりは気の利いた返答はできなかったが、音也が音楽の話をしてくれることがうれしくて、一生懸命相づちを打った。

よかった、やはり紅音也という男は音楽と離れては生きられない男なのだ。

いっときでも音楽のことを忘れるくらい自分にのめりこんでくれたのだとしたら、ゆりにとっては喜ぶべきことではないか。

もう心配することはない。

この幸せはまだまだ続く。

ゆりは自分にそう言い聞かせようとした。

○

暁町は大小さまざまな規模の工場の町である。

昼間はそこで働く人々が集まるが、夜になると人影は消え町全体が廃墟のように変わってしまう。

他人を気にせず楽器を演奏したい者にとって、夜の暁町は恰好《かっこう》の場所だった。

その夜も音也は真夜のもとを訪れ、今は空き地となって雑草が生い茂る工場の跡地で二人でバイオリンを弾いていた。

曲はバッハの「二つのバイオリンのための協奏曲」。

真夜の第二バイオリンが主題を奏で、音也の演奏がそれに呼応してゆく。

およそ感情というものを表さない真夜の弾くバイオリンが、なぜこれほどまでに豊かな表現力を持っているのか、音也は不思議に思った。あふれだす情感は、演奏者である真夜からではなく、もともと楽器の中に詰めこまれていて、真夜はそれを外へと放出しているだけであるかのような錯覚にとらわれそうになる。

音也たちは第二楽章を飛ばして第三楽章を奏でた。

心地よい緊張に満ちた旋律が、漆黒の闇に包まれた無人の町に染みこんでいった。

演奏を終えたあと、二人はしばらくその余韻に浸っていた。

「……いい演奏だった。おまえと弾いていると、今まで解けなかった音楽の神が仕組んだ謎が解けていくような気分になる」

真夜は返事をしなかったが彼女にとっては精一杯の満ち足りた表情を見せた。

ひとしきり演奏したあと、音也は帰っていった。

真夜は音也の姿が見えなくなるまで見送っていたが、彼が姿を消すと入れ替わりに一人の女が朽ちかけた廃工場の建物の陰から姿を現した。

「あなたと少し話がしたいのだけど、いいかしら？」

真夜は形の美しい眉を少しだけ上げてそれに応えた。

手近にあったコンクリートの基礎の埃を払うと女はそこに腰掛けた。

「あの人と……いつもここでバイオリンを弾いているの？」

女は——麻生ゆりは問いかけた。

「そうよ」

「……それだけ？」

「ええ」

真夜は無垢な少女のような表情で短く返事をした。

疑う余地の欠片もない、呆気ない返答だった。

最近音也が夜な夜な出かけていくようになり、疑心暗鬼に駆られたゆりはとうとうがまんができなくなった。恋人を信用できず卑怯な真似をする自分を嫌悪しながらも、音也のあとをつけたのである。

はたしてそこには女がいた。

しかし音也と女との関係は、ゆりが想像していたものとはまったく違っていた。

ゆりはもっと下世話な——世間一般で言うところの浮気を想定していたのだ。

しかし音也は女には会っていたが、その肌に指一本触れることもなく、ただ二人でバイオリンを奏でていただけだった。それが音也の口から出た申し開きなら、とても信用できなかっただろう。しかしゆりは実際に二人が演奏するのを見ていたし、この女のなんの後ろめたさも示さない態度からしても、事実であることが明らかだった。

ゆりは混乱した。

これ以上、この女と何を話していいかわからなかった。

「あなたは……」

言葉に迷いながらそう言いかけたとき、真夜がそれを引き継いだ。

「あなた、あの人を愛しているの？」

突きつけられた言葉に、ゆりは絶句した。

もちろん答えはイエスだが、それを口に出すことは憚《はばか》られた。

口にした瞬間、自分が惨めな存在になってしまいそうな気がした。

「あなたはあの人を愛しているから……あの人が私と会っていることが許せなくて、ここへ来たの？」

自分の気持ちを完全に見透かしたような言葉で追い打ちをかけられ、ゆりの身体は屈辱に震えた。

しかしゆりは気がついた。

真夜の問いかけにゆりを責める意図はみじんもない。それは純粋な興味から発せられた問いかけだった。

不思議な人——まるで感情がないかのような——。

それでも次の真夜の言葉はゆりの自尊心にとどめを刺すには充分なものだった。

「それが『嫉妬』という感情なの？」

ゆりはもう何も答えることができなかった。

音也が気を惹かれるのだから、美しい女であることは予想していた。

真夜はゆりの想像以上に美しかったが、それでも女として競うだけなら自分にも分があると思っていた。

しかし、真夜が音也に与えているものは、自分がどれほど頑張ってもけっして与えることができないものだった。そのことをゆりは目の当たりにしてしまった。

それでもゆりは自分を勇気づけながら、もう一度真夜を見つめた。

すると、ゆりの感覚があることを察知した。

それは職業的な勘というべきものだったが、ゆりは一瞬で確信を得た。

「あなた……まさか……」

真夜はゆりの問いかけに答えなかった。

かわりに、その白い頬にステンドグラス状の模様を浮かび上がらせた。

二人を取り巻く空気が一瞬にして殺気を帯びた張りつめたものに変わった。

こんなことがあっていいのだろうか？

自分から恋人を奪おうとしている女が、こともあろうに——。

ゆりは上着の内側へ手をすべりこませた。

戦うための武器はいつでもそこにある。

しかし、ゆりはそれを取りだすことができなかった。

今ここで戦ってしまったら、それは私怨《しえん》に流されたことになる。

相手は人間ではないけれど、人間に危害を加えたわけじゃない。

音也を取り戻すためにこの人を倒したら、自分のほうが人間ではなくなってしまうだろう。

「やめましょう。私は人を襲わない」

「…………」

「本当よ」

その言葉にゆりが緊張を解くと、真夜を取り巻く気配ももとの穏やかなものに戻った。

頬に浮かび上がったステンドグラス状の模様もすでに見えなくなっている。

そこに立っているのは無垢な表情をした美しいだけの女だった。

ゆりはただうつむくしかなかった。

「愛というものがわかれば、いつか私も嫉妬するときがくるのかしら」

独り言のように真夜がつぶやいた。

ゆりが顔を上げると、すでに真夜の姿はそこにはなかった。

この世の涯《はて》のような暁町の工場跡でゆりはただ一人、月の光を浴びながらいつまでも立ち尽くしていた――。

1986∮2008

「あーもう、なんか気乗りしないなぁ」

その日、指示された作戦の内容は、麻生恵にとって憂鬱《ゆううつ》きわまりないものだった。

いや、今日に限ったことではない。

イクサシステムが導入されてからというもの、恵の中でファンガイアとの戦いという仕事の意味が急激に色褪《いろあ》せていた。

このところのファンガイアハンターたちの仕事は、事前の調査によってその正体がファンガイアであると判明している者たちを数名のチーム、場合によってはそこに機動隊や自衛隊から派遣された部隊を加えた集団で追い立て、抹殺するという形式になっていた。

実績のあるファンガイアハンターには、配備された量産型イクサシステムが支給されたが、恵はその着用を頑なに拒んでいる。それを着用することで自分が、個人の意志を持たない兵士にされる気がしたからだ。


かつて、プライドの高いファンガイアとの戦いは、一対一の決闘に似て、お互いの技量を競いあい、しのぎを削りあうスリルに満ちたものだった。

真剣勝負である以上遊んでいるつもりは毛頭なかったが、恵にとってはすくなくともやり甲斐が見いだせる仕事であった。

それに、相手は人間を襲った現行犯の犯人であることがほとんどだった。

ファンガイアは人間のライフエナジーを吸い尽くす。

それは彼らの糧となるのだが、人間を襲わなくても飢えたりはしない。

彼らは不死身なのだ。体組織の中核となるコアを破壊されなければ、なんの栄養も摂らずに数百年生きることができるという。

ファンガイアたちは人間に姿を変えてその社会の中で生きる。人間同様の味覚もあり、人間の食事を好む者もいるが、それは本来彼らにとっては不要のものなのだ。

なぜ彼らが人間を襲うかといえば、それが本来のファンガイアの姿だということに対することだわりがあるからだ。

人間が文明を発達させる以前は、人間よりもファンガイアの地位が優勢であった。だから彼らは自分たちを〝貴族〟と呼ぶ。ファンガイアは本能に従って、人間たちの命を好きなときに好きなだけ奪うことができた。

やがて人間は人口を増やし、文明を発達させることで社会の表舞台からファンガイアを駆逐した。数とファンガイアの魔力に対抗できるテクノロジーによって地球の支配者となった人類に対して、ファンガイアは人間の姿を借りてその社会の中にまぎれこんで生活するしかなくなったのだった。

自分たちを高貴な存在と信じてやまない一族にとって、それは屈辱的なことだった。だから、現代においてファンガイアが人間を襲う主たる目的は、自分たちが優位に立っていたころの記憶を呼び覚まし、種族としての自尊心を満たすことであった。

一方で人間を襲う意志をほとんど持たないファンガイアも多かった。

彼らは人間の社会に溶けこんでおり、人間との間にさまざまな関係を築いていた。

もっとも、種族を越えて人間と恋愛関係に陥ることだけは固く禁じられていたが——。

プライドのために殺人を犯し、人間たちとの良好な関係をわざわざ壊す必要はない。

本来は自分たちの餌である人間を見て、内心涎《よだれ》がわいてくるときもないではないが、彼らにはそれを抑える自制力があった。

恵はそれら、無害なファンガイアたちに対して寛容に考えていた。

これまでさまざまなファンガイアとわたりあってきた中で、彼らが人間とほぼ同じ感情や思考回路を持つことはわかっている。

人間との間に、喰う喰われるの捕食関係さえなければ、普通につきあえる連中だとさえ思っていた。

だから、名護のようにやみくもにそれを殺そうとする考えには、どうしてもついていけない。

最近、ファンガイアハンターの戦いが組織化したことに対抗して、ファンガイアもグループをつくり集団で反撃してくる傾向がある。

数には数で立ち向かおうという理論は当然のことと思われた。

その結果、このごろ戦闘がどんどん大規模化している。

これまでファンガイアとハンターの戦いは人目を避けるように繰り広げられてきたが、かなり以前から一般の人々の目から隠すことが難しくなっていた。

「名護くん」

本部でのブリーフィングが終わると、恵はいつのころからか『くん』付けで呼ぶようになった名護を呼び止めた。

二人の関係はあれからなんの進展もない。名護をくん付けで呼ぶようになったのは、そうすれば少しでも親密度が増すと考えた恵のささいな抵抗だったが、それも功を奏してはいなかった。名護は相変わらず自分のことを頼りになる同僚としてしか見ていない。

彼なりに親密な態度をとることもあり、それは彼が女性に見せる態度としては別格のものであったが、恵からすれば期待していた待遇ではなかった。

つきあっていくうちにわかったことだが、名護啓介という男の心には、他人が入りこめるような隙がない。

名護の感情や行動原理は、彼の心の中のブラックボックスの内部にあって、だれかがそれに触れることを頑なに拒んでいた。

そんな人間が恋愛などできるはずもない。

一度は心を惹かれた恵としては、それをこじ開けて、彼を年相応の普通の青年に変えてやることも考えないではなかったが、あえてそれをするほど名護に関わりたいという意欲はわいてこなかった。

心を閉ざしているという点で名護は渡に似ている気がした。しかし違っているのは、渡がその心を開いてほしいと願っていたのに対して、名護はそれを望んでいないことだ。

自分にはおせっかいなところがないわけではないけれど、望まれていないことを好んでするほど押しつけがましい人間でもない。

幼いころ、恵は母から昔の恋愛の話を聞かされた。

それは母がまだ恵の父に出会う前の恋の話だ。

母の口ぶりでは、それは燃えるような激しい恋だったらしいが、結局実を結ぶことはなかった。うっとりとした表情で相手の男性のことを語ったあとに、決まって口を衝くのはこんなセリフだった。

「あのとき……もうちょっと私がしっかりしていればね」

恵は母の悔恨の言葉をうんざりするほど何度も聞かされた。

そして、自分は絶対に恋愛で失敗したりしないと心に誓ったのだ。

母の二の舞を踏むようなことだけは――。

しかし、今のところ恵は燃えるような恋どころか、まともな恋愛のひとつもできていない。

どうしてこうもままならないのだろう。


「あたしさぁ、今日の作戦、ばっくれちゃってもいいかなぁ」

二人の関係を恋愛に発展させるということに対してのあきらめムードもあり、最近の恵はぶっちゃけ口調で名護に話しかける。

「ダメに決まっているでしょうが。ちゃんと参加しなさい」

名護はいつもの上からの命令口調でそう言った。

恵は大きくひとつため息をついた。

○

人間を捕食せよ、というファンガイアとしての本能の誘惑は、あの日静香に出会ったあと、数日の間はおさまっていたが、しばらくするとまた渡を悩ませるようになった。

衝動は日増しに強くなり、渡はもはや自分で欲望を抑えられる自信を失っていた。

そうなると、アルバイトに行くこともままならず、深央のアパートから一歩も外へ出ずに過ごす日々が続いている。

不思議なことに、深央といっしょにいるときには人間を捕食したいという衝動に駆られることはなかった。

「体調が優れないんだ」

渡がそう言うと、深央は詮索もせずいたわってくれた。

「うちで休んでいて。大丈夫、私が渡さんの分まで働いて稼いでくるから」

深央はそう言って仕事に出かけていった。

渡は自分がこのままファンガイアになってしまうのではないかという恐怖に怯えていた。

けれど、自分ではどうすることもできない。もしそうなってしまったら、もう人間社会の中に渡の居場所はないだろう。

だれも来ない山奥にでも行って一人で暮らせば、人を襲うことはないかもしれない。

しかし、静香によって精神の扉を開かれてしまった自分が、いまさらそんな孤独な暮らしに耐えられるだろうか？

渡は自分が『この世アレルギー』であると信じこまされ、洋館に閉じこもって生きてきたことの意味がわかったような気がした。

また一方では深央に対する後ろめたさも感じていた。

静香のことを想う気持ちが自分の中に残っていることはもはや認めざるを得ない。

けれど、深央といることで得られる安らぎも捨てられなかった。

こんな中途半端な気持ちで深央といっしょに暮らしているのは誠実な態度ではない。いまさら静香のところへ戻ることができない以上、彼女のことは忘れて、深央のために生きるのが正しいと、理屈ではわかっているのだが、自分の気持ちをどうすることもできずにいた。

そんなとき、渡は久しぶりにあの『音』を聞いた。

父が残した名器〝ブラッディローズ〟が渡を呼びだす音だ。

耳に馴染んだ不協和音を聞いて、渡は寝そべっていたソファから飛び起きた。

ファンガイアになるかもしれない自分が、人間を襲うファンガイアを倒すことは矛盾した行為のように思えたが、そうすることで自分はまだ人間なのだと自分に言い聞かせることができるような気がした。

家を飛びだし、音が指し示す方向に走っていると、深紅の大型バイク、マシンキバーが乗り手を求めるように無人で疾駆《はし》ってくる。

渡はバイクに跨《また》がると、キバへと変身した。

そのとき渡は、聞こえてくる〝ブラッディローズ〟の音色がかつて聞いていたものと微妙に違うことに気づいた。

本来その音色に乗せて送られてくる感情は、ファンガイアの殺意とそれに怯《おび》える人間の恐怖だった。だが、今日のそれから渡が酌みとれる感情は、激しい憎悪と敵意――それだけだった。

襲われているはずの人間の恐怖や怯えといった感情は含まれていない。

この違いは何だろう。

キバとなった渡は訝《いぶか》しがりながら目的の場所へとバイクを走らせた。

そこは戦場と呼ぶに相応しい様相を呈していた。

○

自衛隊の部隊が使用した重火器のためにあちこちで炎があがり、硝煙が立ちこめている。

本来ならばそこは恋人たちが憩いの場所とする公園だった。

今はファンガイア討伐作戦の計画にのっとって警察によって封鎖されている。

イクサシステムを装着した名護と数名のファンガイアハンターからなるグループは、近隣に住むファンガイア一家の住宅を急襲した。

予測していたとおり、周囲には組織化されたファンガイアが潜伏していて、あっという間に集団戦となった。

名護たちはこの公園にファンガイアを追いこみ、始末をつける算段を立てていた。

公園内での戦闘は主としてハンターと重火器で武装した自衛隊が請け負う。

公園の周囲は機動隊によって固められており、逃走しようとするファンガイアを待ち受けていた。恵の役目はその機動隊を支援することである。

集団戦になって以来、前線で戦う役目から恵は意図的に外れるようにしていた。集団でのファンガイア狩りはなんだか血なまぐさく、気が重かったからだ。

敵の数は二十数体。

イクサシステムを装着した名護はすでに六体のファンガイアを葬っていた。

木立の陰に隠れているファンガイアをイクサのヘルメットに装備されたセンサーが捉えた。この装備のおかげで、夜の闇にまぎれているファンガイアも見逃すことはない。

名護はイクサカリバーをガンモードに変形すると、敵にむかって数発放った。

発見されたことで逆上したファンガイアは名護にむかって突進してくる。

鋭い爪を持ったファンガイアだったが、その一撃は空を切った。

名護は避けざまに敵の腹にパンチを叩きこんだ。

スーツの能力によって常人の数十倍に強化されたパンチはファンガイアの腹を突き破り、その内臓をえぐる。

とどめはソードモードに変形したイクサカリバーにエネルギーを最大充填して斬りつけるイクサ・ジャッジメントである。

ファンガイアは断末魔の悲鳴をあげると、ガラスの破片となって霧消した。

遠くでナパーム弾だろうか、自衛隊の火器が発する爆発音が聞こえる。

量産型イクサ装備のファンガイアハンターたちも、一人につき一体ぐらいの成果は上げているに違いない。

もうすぐこの戦闘も終了だな。

そう思ったとき、名護はイクサのセンサーに新たな敵を感知して身構えた。

まだ距離はある。

気づかれないように接近し、目視確認しよう。

移動した名護は、ヘルメットのフロントスクリーンに映しだされた姿を見て目を見張った——。


「これは……なんだ？」

キバとなった渡はたどりついた目的の場所の様子を見て愕然としていた。

「なにが起きているんだ？」

平和なはずの公園のあちこちで火の手が上がり、爆発音が響いていた。

火薬の匂いがツンと鼻を突く。

人間とファンガイアの抗争が激化していることを渡は知らなかった。

……まるで戦争じゃないか。

内心でつぶやきながら、園内を歩いていくと、ファンガイアハンターとおぼしき男が三人がかりでファンガイアと戦っているのに出くわした。

戦っている、という表現は正しくない。

実際には追い詰められたファンガイアが逃げまどっているのだった。

渡は戸惑った。

これまでの経験では、ファンガイアとハンターの戦いではおおむねハンターが劣勢であり、ハンターを助けてファンガイアを倒すことが渡の役割だった。

しかしこの状況ではすでに勝負は見えていて、渡にはするべきことがない。

そして渡は、ファンガイアの怯えと、人間たちの嗜虐《しぎゃくてき》的な悦びの感情を直感的に感じていた。こんなことは初めてだった。

呆然としていた渡は、背後からすさまじい殺気を感じて反射的に身を翻した。

切りこんできたのは、あでやかに白い甲冑に身を包んだ戦士——イクサシステムを装着した名護だった。


名護は興奮を抑えられなかった。

目の前にいるのはただのファンガイアではない。

古い資料におぼろげな図版とともに記録が残されているファンガイアの王——キバだ。

そういえば、日本に到着してからザッと眼を通した記録の中に、恵がキバらしき人物と遭遇したという報告があったが、簡単に信じることはできなかった。

まさかほんとうにいたとは。

キバが持つ〝ファンガイアの王〟という肩書が、名護の闘争心を奮い立たせていた。

王を討ち取れば、ファンガイアたちの戦意は一気に低下するに違いない。

キバの討伐は、この国におけるファンガイア撲滅作戦のシンボルとなるだろう。

「キバの討伐を最優先事項とする。私を援護しなさい！」

名護はファンガイアと戦っていたハンターたちに命じた。

「その命、神に返しなさい！」

名護はイクサカリバーを構えると、キバにむかって突進した。


キバとなった自分の姿が、人間からはファンガイアに見えるということは渡も理解していた。しかし人間と戦うことは渡の本意ではない。

なんとかこの場を離脱しなければ——。

しかしハンターたちの包囲網は渡の想像を越えていた。

渡は逃げ場を失って公園の中を彷徨った。

白い戦士——イクサは執拗《しつよう》に渡を追ってくる。

逃げきれず、イクサの剣を肩に受けると、キバに変身したときには感じたことがなかった激痛が身体を貫いた。

跳躍して逃れようとした渡を重火器の攻撃が襲う。

渡は激しい衝撃とともに炎に包まれて地面に叩き付けられた。

倒れた渡に、イクサをはじめとするハンターたちが、じりじりと迫ってくる。

このままでは殺される――。

渡は身体が凍り付くような恐怖を感じた。

それは彼が初めて経験する、追い詰められる者の恐怖だった。

これまで渡はキバとしての圧倒的な力でファンガイアたちを追い詰め、倒してきた。

だが今は、自分がファンガイアと見なされ、狩られる立場に立たされている。

かつて自分が倒してきたファンガイアたちは、つねにこんな気持ちを味わっていたのだろうか？

キバの力をもってすれば、たとえイクサスーツを身に着けた人間といえども倒せないことはないだろう。この危機を脱することはそれほど難しくないことだ。人間を殺すことさえ躊躇しなければ――。

だが自分は人間を殺すことができるのか？

渡は今まで自分は人間だという立場を保ってきた。

それは渡が人間として育てられたからだ。

人間の立場に立てば、人間を襲うファンガイアたちを倒すことは疑いようのない正義だった。

しかし今その立場は逆転している。

人間が一方的にファンガイアを殺戮しているのを目の当たりにして、鉄壁と思われた渡の中の正義は砂上の楼閣となり果てた。

自分の中にファンガイアの血が流れていることは、もはや疑いようのない事実だった。

ファンガイアの立場に立つなら、この人間たちを倒し、同胞であるファンガイアの命を守ることこそが正義ではないのか？

キバとなった渡の精神の深淵《しんえん》から、人間を殺せという歴代のファンガイアたちの亡霊が発する怨嗟《えんさ》の声が浮かび上がってくる。

それがファンガイアの血を引く者としての正しい行いなのだとその声は告げていた。

どうすればいい——？

渡の精神は混乱の極みに達していた。

僕は人間なのか？

ファンガイアなのか？

だれでもいい、だれか教えてくれ！

——父さん——。

渡の心の叫びに答える声は聞こえない。

すでに目の前には、イクサをはじめとするハンターたちが迫っていた——。

　そのとき、一体のファンガイアが、渡とハンターたちの間に躍りでた。

　名護もハンターたちも、キバだけを標的として狙っていたせいで、突如現れた別の敵に対して一瞬判断が遅れた。

　その隙《すき》を突いて、ファンガイアは身体から、光を反射してキラキラと輝く粉末のようなものを大量に空中に散布した。

　細かく砕いた真珠のような粉末は、人間に対しては息を詰まらせ窒息させる効果があり、電子機器の塊であるイクサに対しては一時的に機能を狂わせる働きをもっていた。

　一瞬にしてハンターたちは戦闘不能に陥り、視界も遮られた。

　名護は自分の不覚を呪い、必死で身体を動かそうとしたが、イクサシステムはパーツの接合箇所からショートの火花を散らすだけだった。

　ファンガイアは倒れている渡の手を握ると、その手を引いて走りだした。

「こっちです」

　逃亡の方向を促した女の声は、渡がよく知っているものだった。

「……深央？」

　ファンガイアは返事をしなかった。

　しっかりと手を握りあって、二人は夜の闇の中をひた走った——。

第八楽章

二人の手はしっかりと握られていた。

もうどれだけ走っただろう？　男の足ならともかく、女の体力はもう限界に近づいていてこれ以上の逃走は無理だと思われた。

追っ手は撒《ま》いただろうか？

男は早鐘のように打ち続ける心臓を押さえながら、今走ってきた方向を振り返った。

大丈夫だ、ついてきていない。女にそう告げようとした男の目前に、彼がもっとも怖れる存在が出し抜けに現れた。

男は悲鳴をあげて後ずさりする。

それでも女の手を離そうとはしなかった。

女は声も出せずにただガチガチと歯を鳴らして震えている。

現れたのはファンガイアだった。

顔の中心に冥《くら》く輝く真珠をあしらったパールシェルファンガイア——。

「お願いだ、見逃してくれ！」

男は叫んだが、貌《かお》を持たないパールシェルファンガイアがその言葉をどう受け止めたのかは推し量りようもなかった。

「こいつと……俺は絶対に生き延びるんだ」

男の頬にステンドグラスの模様が浮かび上がる。

筋肉が膨れあがり、クマのような肉体を持つベアファンガイアへと男は姿を変えた。

飛びかかってくるベアファンガイアを、パールシェルファンガイアはその華奢《きゃしゃ》な体つきからは想像もできない力で一蹴した。

弾き飛ばされ、アスファルトに叩き付けられたベアファンガイアは男の姿に戻ってうめき声をあげた。

パールシェルファンガイアもまた、人間の姿に変わった。

黒いドレスを身にまとった、この世のものとも思えないほど美しい女——真夜だった。

「あなたの夜が来る」

それは断罪人である真夜の死刑宣告である。

人間の姿のままでも、真夜にはいともたやすくファンガイアの命を奪う能力があった。

それはファンガイアの王族の血を引くものだけが持つ力だ。

男は逃れようとしたが、もう身体が動かなかった。

表情のない貌をした真夜がゆっくりと男に近づいてくる。

そのとき、女が男をかばうようにその身体に覆い被さった。

「お願い、殺すなら私を殺して」

「どいて、あなたには関係ない。死にたいのならいっしょに殺してあげてもいいけど」

「この人だけは助けて！　愛しているの」

またこの言葉だ、と真夜は思った。

掟《おきて》を破って人間と恋に落ちたファンガイアを処刑しようとするとき、相手は決まって『愛』という言葉を口にする。

そして、自分のパートナーをかばって身を挺《てい》するのである。

真夜はもうずいぶん前から、その言葉の意味を測りかねて苛立っていた。


愛は限りなく執着に近い感情である。

真夜はファンガイアの王の血を引いて生まれ、しきたりによって処刑人になるという宿命を背負っていた。

そのために、真夜はあらゆる執着を捨てるように教育されてきた。

小さいころから生き物を殺す練習をさせられた。

虫やトカゲにはじまり、小鳥、犬や猫……。

真夜に求められたのは完璧な無慈悲であった。

けれど実際に処刑人として働くうち、真夜は愛という感情に興味を持ってしまった。

はじめはそれはただの関心にすぎなかった。

他人が抱く愛という感情を、成文化して理解したい。はじめはそれが真夜の望みであった。

だが、感情は知識として知るものではなく、自分のものとして感じるものだということに、真夜は気づきはじめた。

そのとき、真夜の前に一人の男が現れた。

紅音也である。

彼は愛を教えてくれると言った。

今はまだわからないかもしれないが、時間が経てばかならず理解できる。音也はそう言った。

早く知りたい。自分の命を投げだしてもいいとさえ思える、愛という感情を——。


真夜が物思いから我に返ると、すでに男と女の姿はなかった。

近ごろこうして処刑しなければならない相手を逃がしてしまうことが続いている。

自分の変化に戸惑っている真夜に、背後から声をかけるものがいた。

「困りますね。これではあなたは処刑人失格だ」

声の主は、ファンガイアのさまざまな儀式やしきたりを司る役目を負った男だった。

背が高くやせぎすで、眼鏡の下から鋭い眼光を覗かせている。

もちろん、彼自身もファンガイアである。しきたりを守らないファンガイアを一人で処分するだけの実力を持っていた。

「どうして処刑に失敗するようになったか、自覚していますか？」

男の問いに、真夜は返事をすることができなかった。

「男と会っていますね。人間の男と。……気がついていますか？　あの男といっしょにいるとき、あなたは笑っているのですよ」

それは意外な言葉だった。

自分が——笑う？

幼いころからあらゆる感情をそぎ落とされて育った自分が、笑うはずがない。

けれど、たしかに。

音也といるときの自分は普段と違う。

この変化が『愛』という感情の芽生えなのだろうか？

「このままではあなた自身が処刑の対象になることも免れません」

自分が？

真夜には男の言葉が理解できなかった。自分が処刑されるということは、恋愛をしていると見なされているということだ。

真夜にはその自覚がなかった。

「……しかし、あなたは王の血を引く者だ。たやすく判断するわけにはいきません。そこでひとつ、試験をしましょう」

男はファンガイアの裁判官としての役割を担わされていた。この男の審判が下されれば、たとえ身分の高いファンガイアであっても、その罰から逃れることはできない。

自分はいったいどうやって試されるのだろう？

真夜は男の言葉を待った——。


翌日、紅音也は真夜の家に招かれた。

真夜とはもう幾度も逢瀬《おうせ》を重ねていたが、真夜の住居を訪れるのは初めてだった。

外側から見ると、その家はバラックにしか見えなかった。

工場と工場の隙間にひっそりと建つ、蔦《つた》に覆われた平屋の家。

しかし、中に入るとその印象は一変した。

家具はすべてアンティークだった。目を凝らして見るとどれも高価なものだということがわかる。

部屋は間接照明で照らされており、穴蔵のような印象を受ける。

「いい部屋だな。二人で愛を語るにはぴったりの雰囲気だ」

音也はベッドに腰掛けると、部屋の中を見渡しながらそう言った。

真夜は無言でまっすぐに音也を見つめている。

「おまえはきれいだ」

音也は真夜を見て心に浮かんだ言葉をそのまま口にした。

神から天賦の才能を与えられた芸術家が一命をかけてつくり上げた芸術品のようだ、と音也は思った。

ふいにゆりの顔が浮かんだ。

ゆりも美しかった。それまでに出会っただれよりも。

しかし残酷なことだが、それも真夜の前では霞《かす》んだ。

ゆりは優しい女だ。ゆりを裏切ることを思うと、音也の心は痛んだ。

しかしゆりへの想いに流されることは、自分の中に宿る神を殺すことと等しい。

「おまえといっしょに演奏したとき、俺は音楽家として最高の幸福を感じた。あの瞬間、俺の世界が変わったんだ」

真夜は黙って音也の話を聞いていた。やがて音也の前にまっすぐに立った。

「私はきれい？」

「ああ、とても美しい」

「美しいものをもっと見たい？」

そう言うと、真夜は身にまとっていたドレスを脱ぎはじめた。

真夜は下着を着けていなかった。

漆黒のドレスがするりと床に落ちると、音也の目の前に真珠のように白く輝く真夜の裸身がさらけだされた。

それは厳かな儀式だった。

真夜の裸体は当然のように音也の肉欲をかき立てたが、その白い曲線が描きだす美しさを目に焼き付けようとする音也の理性が、本能を圧倒した。

「素晴らしい……」

音也はため息混じりにそうつぶやいた。

「でも、これもまだ本当の私じゃない……本当の私を見て」

そう言うと、真夜はパールシェルファンガイアの姿に変わった。

岩に擬態する貝のように不規則な突起が全身を覆う、不気味な姿に――。

しかし音也はそれを見ても眉ひとつ動かさなかった。

「どれだけ姿が変わっても、おまえがおまえであることは変わらない。人間であろうと、なかろうと、そんなことはどうでもいいんだ……俺を抱きしめてくれるか」

音也は幼い子どもがそうするように、パールシェルファンガイアの胸に顔をうずめた。

ファンガイアとなった真夜は、音也を抱きしめた。

二人はしばらくそうしていた。

「あなたを殺さなければならないの」

静寂を破ってファンガイアの姿の真夜がそう告げた。

「ファンガイアが人間を愛することは、固く禁じられているの。私は『愛』という感情がわからない。でも、他のファンガイアは私があなたを愛していると思っている」

音也は無言でその言葉を聞いている。

「だから、私があなたを愛していないということを証明するために、あなたを殺さなければならないの」

「もし俺を殺せなかったら、おまえはどうなる」

「命を奪われるわ」

「そうか……わかった」

音也は真夜の身体から離れて、静かに目を閉じた。

「俺を殺せ」

「いいの？」

「かまわない。俺はおまえから一生分の幸福をもらった。おまえに殺されるなら悔いなどない」

「わかったわ」

そういうと、真夜はファンガイアの姿のまま、音也の首に両手を添えた。

それはファンガイアが人間を殺す方法ではなかったが、真夜はこのやり方で音也を殺したいと思った。

真夜は音也の遺体を残したかったのだ。ライフエナジーを吸ったのでは、音也の身体はガラスとなって砕け散ってしまう。

真夜の手が音也の首に掛かってから、もうずいぶん長い時間が過ぎていた。

しかし、真夜は手に力をこめることができなかった。

真夜はファンガイアへの変身を解いて人間の姿に戻った。

音也が優しく顔を上げると、裸のままの真夜の両目から涙がこぼれていた。

「ダメ……あなたを殺せない……あなたを失いたくない」

真夜は泣きじゃくった。

「教えてやるって言ったよな」

その声に促されるように真夜はまっすぐに音也の顔を見つめた。

音也も真夜の瞳を見つめて、言った。

「これが愛だ」


音也はそのまま一晩を真夜の家で過ごした。

翌朝、一人の男が真夜の家を訪れた。審判を下す男だった。

男が部屋に入ってきたとき、音也は死体を装ってベッドに横たわっていた。

男が自分に近づいてくる間、音也は全神経を耳に集中した。

ベッドを覗きこんだ男が、音也が生きていることに気づいたときには、ファンガイアスレイヤーの研ぎ澄まされた刃が、男のファンガイアとしてのコアを貫いていた。

「音也」

ゆりのマンションの近くまで来ると、音也は背後から男の声で呼び止められた。

次狼だった。

「おまえ、どういうつもりだ？」

音也は返事をせず、次狼から視線をそらした。

なるほど鼻が利く男だ。次狼の声にはすべて知っているという響きがこもっていた。

ゆりを裏切った自分を許せないのだろう。

音也はなじられることを覚悟して次狼の言葉を待った。

「何を考えているか知らないが、ファンガイアとつきあうのだけはやめろ。ファンガイアにとって人間を愛することはタブーだ。殺されるぞ」

「知ってる」

「それならどうして」

「言っただろう？　俺は相手を見かけで判断しない。人間でもファンガイアでも、惚れた女に違いはない」

「そういう問題じゃない……俺はおまえに死んでほしくないんだ」

「……」

それは、ゆりのことで責められるとばかり思っていた音也には少し意外な言葉だった。

「俺はウルフェン族のことだけを考えて生きてきた。人間がどうなろうと、俺の知ったことじゃない。だが、おまえだけは」

「……」

「おまえが死ぬと……寂しくなる」

最後の言葉を次狼は言いにくそうに付け加えた。

「大丈夫だ、俺は死なない」

「……それに……ゆりはどうなる？　俺は相手がおまえだから身を退いたんだ」

「仕方がないんだ」

「なんだと」

「こればかりは仕方ない。俺は自分の気持ちに嘘はつけない」

「おまえ……」

次狼は音也の襟首をつかみあげ、その身体をマンションの壁に押し付けた。

「もうあの女のところへは行くな」

「……」

「音也！」

そのとき、人の気配を感じて次狼は振り向いた。

そこに立っていたのは大きなバッグを下げたゆりだった。

「次狼……音也と話があるの。放してあげて」

「………」

次狼が腕にこめた力を抜くと、どさっと音を立てて音也の身体が地面に投げだされた。

音也はゆっくりと立ちあがると、ゆりと対面した。

「ごめんなさい」

ゆりが発した言葉は、意外なものだった。

責められるべきは自分であって、ゆりが音也に謝る道理はない。

しかし。

「あなたには本当に悪いと思うんだけど……ほかに好きな人が出来たの」

「………」

音也は返事をしなかった。

傍らで聞いていた次狼はゆりの言葉に少しだけ驚いたような表情を見せたが、やがてくるりと二人に背中を向けるとその場から立ち去っていった。

それを見送ってから、ゆりが再び口を開いた。

「身勝手だと思うけど聞き入れて。本当にごめん」

「……わかった」

音也はそう返事だけすると、ゆりの足下からバッグを取り上げた。その中に自分の荷物がまとめられているのは聞かなくてもわかった。

音也はゆりに背を向けると大股で歩きだした。

その足が止まった。

ゆりに背を向けたまま、肩越しに音也が尋ねた。

「相手の男はどんな男だ？」

「……すごくいい男よ」

「俺よりもいい男か？」

「そうよ、あなたより、ずっとずうっといい男」

「そうか、それなら俺もあきらめが付く」

それが二人がかわした最後の会話になった——。


真夜は駅で待っていた。

二人分の乗車券を買い、なるべく遠い町へ行く列車を選んで乗りこんだ。

車内は空いている。

音也と真夜は四人がけのボックス席を占領し、並んで座席に座った。

窓際の席の音也が窓外に流れる景色を目で追っていると、真夜がその肩に頭を乗せた。

あの男を倒しても、掟を破った真夜をファンガイアたちは許さないだろう。

もちろん自分のことも。

どこまで逃げられるかはわからない。

しかし音也にも、真夜の心にも、将来を悲観する気持ちはみじんもなかった。

追っ手が来たら退ければいい。

何度でも、何度でも。

そして、二人は幸せに暮らすんだ。

そうだ子どもをつくろう。

名前は……渡がいい。

ちょうど列車の窓から海が見えてきた。

この広い海をわたって、だれにも踏まれたことのない新しい大陸を見つけるような、そんな子どもになってくれたらいい。

音也はそう言って、真夜を優しく抱き寄せた——。

最終楽章

深央の部屋で、二人はうつむき、押し黙ったまま座っていた。

深央がファンガイアだったという事実に対して、渡はどう向きあえばいいのかわからなかった。

渡自身が自分は人間なのか、ファンガイアなのか、アイデンティティクライシス――自己同一性の喪失に陥っていたからだ。

自分がたまたま好きになった女性が、ファンガイアだったとしても、けっしておかしいことではない。ファンガイアは普段は人間と同じ姿をして、人間とまったく変わらない生活を送っているのだから。そしてその中には、人間に危害を加えず平和に暮らしている者も大勢いることを渡は知っていた。

しかし深央の告白が、渡の心の混乱に拍車をかけた。

「あなたをファンガイアの仲間にすることが、最初から目的だったの」

それは今まで背負ってきたものの重さに耐えかねて、絞りだされた言葉だった。

ファンガイアのあるグループは以前からキバを自分たちの味方に引き入れたいと考えていた。王の血を引く者だけが身につけることができるキバの鎧の戦力は絶大である。

アメリカにいる同胞からは〝素晴らしき青空の会〟が、これまでの戦いのあり方を根底から覆す対ファンガイア兵器を完成させたらしいという情報が届けられていた。

それが実戦に配備される前に、自分たちの戦力を増強しておく必要があった。

ファンガイアたちは身よりもなく生活に困っていた哀れな深央に、渡の気を惹く任務を命じた。

深央は人を襲うというようなこともなく、社会の片隅でひっそりと暮らしていたおとなしい善良なファンガイアだった。

不器用な深央は自分に与えられた役目がこなせる自信などまるでなかったが、生活のための資金の援助を条件に、言われるがままに行動したのだった。

「それじゃあ、あの雨の日に僕に声をかけたのは……」

「あなたが毎日あの時間にあのあたりを通るって聞かされていたの。あなたの写真を渡されて、この顔を見たら声をかけろって」

渡の身体が震えた。

それはどこにぶつけたらいいのかもわからない激しい憤りによるものだった。

「……あなたには自分がファンガイアの血を引く者だという自覚がなかった。だから、あなたの中に眠っているファンガイアの血を目覚めさせることも、私の役割だったの」

「………」

「ファンガイアである私と暮らすことで、あなたの血は目覚める……最近外に出なくなったのは……人を襲いたいという衝動を感じるようになったからでしょ？」

渡は冷たく固い鋼の棒で身体を刺し貫かれたような感覚を覚えた。

まさか、自分を悩ましていたあの衝動さえ、深央によって意図的に引き起こされていたとは――。

「でも、お願い信じて。あなたを好きになったのは本当なの」

深央は渡にしがみついてきた。

「初めて見たときからあなたのことが好きになったわ。二回目に会ったときにはもっと好きになった。あなたに会うたびに、あなたのことを好きになったの。嘘やお芝居じゃ、こんなことできないよ」

深央は必死で訴えたが渡の耳にその言葉は届いていなかった。

深央の言葉が本心だと受け入れることが、未熟な渡にはできなかった。

渡は深央をふりほどくと部屋を飛びだした。

どれだけ走ったのだろう。

渡はすべてのものから逃げたかった。

自分がファンガイアであるということから。

人間であるということから。

そのどちらに立つべきなのかを考えることから。

渡は川沿いの道から土手を駆け降り、河原へと降りた。

そこで深央の部屋を飛びだしてから初めて立ち止まり、川面を見つめた。

立ち止まると、立っていることさえままならず、倒れこむようにして冷たい石の上に横たわった。冷たい雨粒が渡の頬を打ち、そのことで雨が降っていたことに気がついた。

渡は身体が濡れていくことにかまいもせず、じっと身を横たえていた。

人間でもあり、ファンガイアでもあるということは、渡がそのどちらでもないということを意味する。

渡はだれかにすがりつきたかった。

しかし深央にすがろうとすれば、自分がファンガイアであることを認めなければならず、それは人間を敵に回すことを意味していた。

逆も同じだ。

人間であることにしがみつこうとするならば、ファンガイアを敵に回す。

キバという絶大な力を持っているがゆえに、渡はどちらの側に立っても戦い続けなければならない宿命を背負っていた。

いっそこのまま自分の存在そのものがなくなってしまえば――そうすれば楽になれるだろうか？

そのとき、だれかが渡の顔を上から覗きこんだ。

渡はあわてて身を起こした。

厳つい風体に似合わない赤いこうもり傘を渡に差し掛けるようにしたその男の顔に、渡は見覚えがあった。静香に連れられて何度か訪れた喫茶店、カフェ・マル・ダムールにいつもいた男だ。

彫りの深い野性的なその顔に見覚えはあったが、何者なのかはわからない。

渡は身を固くした。

「おまえと話をするのは初めてだな」

男はよく通る低い声で渡に話しかけた。

「俺はおまえの父親の古い友人でね」

「父さんの……」

父の友人と言うわりにはその男は若く見えた。落ち着いた雰囲気で歳よりも上に見えるが、三十代、もしかしたらまだ二十代後半かもしれない。年齢が合わないということが、渡に疑念を抱かせた。

「あなたは……ファンガイアなんですか？」

「いや、違う。たしかに人間ではないが、ファンガイアじゃない。もっと高貴な一族の末《まつ》裔《えい》とだけ言っておこう」

人間でも、ファンガイアでもない、別の一族？

そんなものが存在するということは驚きだった。

「怯えなくていい。俺はおまえの敵じゃない。父親の友人として、おまえのことをずっと見てきたんだ。いつか父親のことをおまえに話さなきゃいけないと思いながら、ずっとその機会を逃してしまった」

「父さんのこと……」

「ああ。おまえの父親が若いころ、俺とあいつは恋敵でね。一人の女を取りあった仲だった……。でも、それはおまえの母さんじゃない。俺が惚れた女はあいつを選んだが、あいつはその女と別れて、ファンガイアの女と夫婦になった。それでおまえが生まれたんだ」

渡は男の話に聞き入った。この世の中に、父のことを自分に話してくれる存在がいるなどということを、今までは考えたこともなかった。

それから男は、どうして自分と音也が友人になったかを話した。

「あいつは魔族である俺の正体を見ても、少しも動じなかった。あんな人間は初めてだ。あいつは見た目で相手を判断しないと言った。人間だろうが、魔族であろうが、ファンガイアであろうが――」

「人間であろうが、ファンガイアであろうが……」

渡は男の言葉をくり返した。

それは混乱している渡の精神に、一筋の光となって差しこむ言葉だった。

「ああ。あいつは相手から聞こえてくる音楽を聴くんだと言っていたが……」

それは天才音楽家だったという父に相応しい言葉だと渡は思った。

渡の中で顔さえ知らない父親の姿が像を結んでいく。

「俺もずいぶん長く生きているが、人間とファンガイアがこれほど激しく争うようになったのは初めてだ。おまえの立場じゃつらいだろう。……でもな、人間かファンガイアかなんて、どちらでもない俺からすれば、どうでもいいことだ。大事なのは、おまえがどう生きようとするかだ」

「僕が……？」

「自分の気持ちに従え。自分が本当にしたいことは何なのかを考えろ。おまえの父親は、そうやって生きた人間だ。あいつは俺に言った。好きになった相手なら、人間かファンガイアかなんて関係ないってな。それで生まれたのがおまえなんだ。おまえはおまえが思っているより、ずっと自由な存在なんだよ」

「僕が……本当にしたいこと……」

そのとき〝ブラッディローズ〟の音が、渡の心に響いてきた。

音は次第にその音量を増していった。

このバイオリンの音は父さんの声だ。この音で自分と父さんはつながっている。

渡はずっとそう感じ続けてきた。

その音は何かを懸命に伝えようとしている。

心の耳を澄ますと、それはだれかの悲鳴のように聞こえた。

聞き覚えのある声だった。

「深央？」

こうもり傘を差した男をその場に残して、渡は声の導くほうへと走りだしていった。

○

そこは戦闘が行われていた公園だった。

深央は部屋を飛びだした渡を探して、いつしかここへやってきたのだ。

もう戦闘は終わっているし、人間の姿をしていれば、ファンガイアとは気づかれないだろう。

そう深央は考えた。

しかし深央は知らなかった。

逃亡したキバとその逃亡を助けたファンガイアを探して、イクサをはじめとするファンガイアハンターの一団がそこに身を潜めていることを。

そして、イクサには人間の姿をしたファンガイアの正体を見抜く機能が備えられていることを——。

人間の目から見れば、迷いこんできた深央はごく普通の少女だった。

しかし名護が身につけたイクサシステムのセンサーは、けたたましいアラートサインで彼女がファンガイアであることを告げていた。

少女の背後から気取られぬように名護が近づいていくのを、恵が見ていた。

恵は、名護が装着しているイクサシステムで少女がファンガイアであることを察知し、仕留めるために近づいていることを瞬時に理解した。

正体がファンガイアであれば、人間としてどんな姿をしていようと撃退する。名護は常々そう口にしていたし、それが正論であるという根拠もさんざん聞かされていた。

しかし恵が目にしている光景は、無防備な少女を重武装の戦士が一方的に殺そうとしている、それ以外のなにものでもない。

恵は叫ばずにはいられなかった。

「やめて！　名護くん！」

しかしその叫びは名護の耳には――心には届かなかった――。

「その命、神に返しなさい」

背後から声をかけられ、深央は思わず振り向いた。

しかし、深央に顔を見られるよりも早く、名護は――イクサは手にした銃を続けざまに撃った。

深央の身体を数発の弾丸が貫いた。

恵は彼女から人間のものと何も変わらない赤い血が流れだすのを見た。

「やめて！」

恵はイクサに駆け寄ると必死でしがみついたが、軽々とふりほどかれ弾き飛ばされた。

ファンガイアと見なした少女を殺すことに、名護はなんのためらいも感じていない。

それがわかったとき、恵の心の中で、名護との間にかろうじて結ばれていた細い糸が、ぷっつりと音を立てて切れた。


撃たれた深央はおぼつかない足取りで、少しでもイクサから逃れようとしていた。

人間のままでは即死してしまう。深央の生存本能が、深央の身体をファンガイアのそれへと変身させた。

イクサは執拗にそれを追った。深央がファンガイアになることなど、充分想定の範囲内だった。

名護はイクサカリバーをソードモードに切り替えてさらに深央に斬りかかった。

激しい衝撃を受けて深央の身体が仰け反った。

深央は必死で敵の動きを封じこめる霧を吹きだそうとした。

それが成功していれば、イクサも苦戦しただろう。

しかし傷ついた深央に、武器を放つだけの体力は残されていなかった。

心臓の鼓動は早鐘のように打ち鳴らされ、呼吸もままならず視界は汗と雨粒で遮られたが、渡は走ることをやめなかった。

ようやくのことで公園に着いたそのとき、遊歩道のむこうでファンガイアがイクサに斬られるのが見えた。

斬りつけられ倒れたファンガイアが深央だということはすぐにわかった。

「深央――！」

渡はそう叫ぶとキバに姿を変えて跳躍した――。

ここに来るまで、渡の耳にはずっと深央の心の声が届いていた。

近づけば近づくほどその声は明瞭になり、はっきり深央だとわかるようになった。

その声は渡を呼んでいた。渡に許しを求める声だった。

渡は深央の部屋から逃げたことを激しく後悔した。

こみ上げてくる怒りと悔しさを深央を切り捨てたイクサに叩き付けた――。

父の友人だという男は、渡に自分の本心に従えといった。

自分が本当に求めていたこと、本当にしたかったこととは何だったのだろう？

渡は今まで自分に与えられたキバという力を、ファンガイアから人間を守るために使ってきた。それが正しいことだと思ったからだ。

ではなぜ正しいと思えたのだろう。

渡が人間として育ち、人間の立場で考えていたから。それももちろんある。

けれどそれだけではない。ファンガイアに比べて人間が生き物として弱く、ファンガイアが人間を襲うという行為が一方的なものだったからだ。

強いものが弱いものを襲う。罪もない弱いものを。

その行為を渡は嫌ったのだ。

もしも立場が逆であったら——つまり、圧倒的に強い力を持つ人間が、罪のないファンガイアを襲うのであれば、渡はファンガイアを助けたいと思う。

生き物が生き物を殺そうとする行為に、人間もファンガイアも関係ない。

罪のない者、弱い者を、一方的な暴力から救うこと、それが力を与えられた自分がするべきことだったのだ。

たしかにファンガイアには人間を襲おうとする本能がある。

自分自身もそれに悩まされた。しかしファンガイアの多くはその衝動を抑え、人間として社会の中で暮らしている。渡自身も初めて経験する感覚に戸惑ったが、いずれはコントロールする術を身につけることができるだろう。

だとすれば、人間とファンガイアの本質には違いはない。

争う必要などないのだ。

それどころか――。

そうだ、愛しあうことだってできる。

それは渡の父と母が証明している。

なにより、今自分がこうして生きていることが、その証ではないか――。

渡はイクサのボディに渾身《こんしん》のパンチを叩きこんだ。

たとえ相手が人間であっても、もう戦うことに迷いはなかった。

暴力で自分の意志を貫こうとする者、それが自分の敵だ。

渡はキバとなり、これまで何人ものファンガイアの命を奪ってきた。

すでに自分の手は血で汚れているのだ。

弱き者を守るためならば、どれだけ汚れてもかまわないと渡は思った。

吹っ飛ばされたイクサは地面に叩き付けられたが、すぐに起き上がると渡にむかって突進してきた。

イクサの剣がキバのボディをかすめる。

鎧を通して鈍い痛みが伝わったが、渡はひるまなかった。

切っ先をかいくぐると、相手の動きの隙を突いて当て身を喰らわせる。

吹っ飛ばされたイクサは街灯に激突した。

イクサのダメージは軽いものだったが街灯は根元からへし折られた。

さらに一撃を加えようとキバが跳躍する。

イクサはイクサカリバーをガンモードへと変形すると、襲ってくるキバを狙い撃った。

キバは空中で身を翻し、鎧のもっとも装甲の硬い肩の部分でかろうじて弾丸を受け止めた。防御の弱い部分に直撃を受ければ、キバといえど致命傷を負ったに違いない。

イクサは体勢を立て直し、武器をソードモードに戻すとすさまじい剣幕で斬りかかっていった。

戦いながら、名護は自分の正義に酔っていた。

キバは他のファンガイアに比べ、圧倒的に強い。相手が強く苦戦すればするほど、名護は自分が信じる正義のために奉仕しているのだという充実感を得ることができた。

名護にとっては自分が傷つくことさえ、崇高な自己犠牲だった。

しかし、己の身体を呈して犠牲を払うのもここまでだ。

一気に片をつけてやる。

イクサはソードで相手を牽制《けんせい》し、間合いをとった。

イクサカリバーに荷電粒子をチャージして、そのエネルギーを一気に放出する。

「イクサ・ジャッジメント！」

その一撃は確実にキバにとどめを刺す——はずだった。

しかしキバが身にまとった鎧の防御力はイクサを設計した人間の想定を凌駕《りょうが》していた。

すさまじいエネルギーが炸裂《さくれつ》したあとも、キバは立ちあがることをやめなかった。

「なんだと⁉」

驚愕する名護を後目に、キバは今度は自分がウイニングショットを放つための間合いをとった。

キバが強く大地を蹴るとその身体は空中高く舞い上がった。

名護には、上空で巨大なコウモリが翼を拡げたように見えた。

空中で反動をつけたキバの身体が急降下し、鋼のようなつま先がイクサの装甲を突き破って名護の肉体を破壊した。

名護の目の前に、父親が現れた。

それは名護が尊敬していた、厳格で正義感にあふれ、一点の曇りもなかったころの父の姿だった。父の前で、名護もまた少年のころの姿に戻っていた。

「お父さん、僕は正しいことをしたんだ。褒めてくれるよね」

しかし父は答えなかった。ただ無言で名護の顔を見つめていた。

「褒めてよ。僕は正しいことをしたんだ。お父さんに褒めてほしかったから……」

父の顔は曇った。

「どうしてそんな顔をするの？　お父さん、お父さん、お父さん――僕は」

遠ざかる父の面影を名護の手がつかもうとしたがそれは空を切った。

「僕は、お父さんに褒めてもらいたかっただけなのに――」

名護の意識はそこで途切れた――。


大破したイクサシステムは余剰エネルギーを噴き上げると、名護が倒れるのと同時に大爆発した――。


周囲に炎が引火し、公園は火に包まれた。

その炎の中で、渡は人間の姿に戻った深央の身体を抱きしめた。

苦しい息の下で、深央は「ごめんなさい」と何度もつぶやいた。

「謝らなくていい……僕は……深央に出会えて、よかった」

「……うれしい……私も……渡さんに出会えて……幸せだった」

それが深央の最後の言葉だった。

深央の身体は渡の手の中で粉々のガラス片になって砕け散った——。


そして数日の後。

人間とファンガイアのそれぞれの組織の間で秘密裏にひとつの協定が結ばれた。

それは簡単に言えば、人間の法律をファンガイアにも適用するというものだった。

イクサシステムを導入し、戦闘を組織化した結果は、双方にとって大きな損害だけを残すものだった。ならば、旧来どおりファンガイアが人間を襲ったとき、襲おうとしたときのみ、人間はファンガイアに対して実力行使する。

この協定の締結の背後には、イクサシステムがファンガイアに敗れたうえに、市街地に大きな破壊をもたらしたことで、〝素晴らしき青空の会〟内部の武力推進派が失脚するという人間側の組織の内部事情もからんでいた。


それを知って恵は安堵《あんど》した。

ファンガイアハンターの仕事は、恵が望んだ従来のスタイルに戻るだろう。

もっとも、あれだけの激しい抗争の後とあっては、表立って人間を襲うファンガイアがそうそう現れるとは思えない。

ハンターとしての恵の仕事は、開店休業状態になる可能性が高い。

空いた時間をどうしよう？

また恋の相手でも探そうか？

いやいやいや、と恵は心の中で首を振る。

しばらく恋愛はやめておこう。どうも自分は男を見る目がないようだ。そもそも男運が悪いのかもしれない。

幸い自分にはファッションモデルという表の稼業がある。そっちに精を出そう。

やっぱり女は仕事よね――。恵は自分にそう言い聞かせた。

さっそく今日から撮影の仕事がはじまる。

恵はスタジオにむかう道すがら、ウインドウで自分の容姿をチェックする。

オッケー、今日も自分はキラキラしている。

大股で歩きだすと、ハイヒールがアスファルトを叩く乾いた音が、晴れわたった高層ビル街の空に響いた。

渡は何ヵ月かぶりに、自分の家に戻ってきた。

鉄門で閉ざされた古めかしい洋館のたたずまいが懐かしかった。

またここで静かに暮らそう。

この家には父の面影も残っている。

それになにより、もう自分は人生に迷わない。その自信があった。

ドアを開ける段になって、渡は自分が鍵を持っていないことに気づいた。

ドアノブに手をかけると、たしかに鍵は閉まっていてドアは開かない。

そういえば、渡がいないときでも静香がいつでも入れるように玄関脇に置いた植木鉢の下に鍵を隠しておいたっけ。

確かめてみようと渡がしゃがみこんだとき、洋館の中からだれかが奏でるバイオリンの音が聞こえてきた。

「まさか……」

渡は音楽が聞こえてくる二階の部屋の窓を見上げた。

窓は開いていて、カーテンが風に揺れているのが見えた。

やがて演奏が終わり、窓際に静香が姿を現した。静香は渡がいるのに気がつくと、パッと笑顔を見せた。バタバタと一階に降りてくる足音が玄関の外からでも聞こえた。

ドアが勢いよく内側から開かれて、静香が渡を出迎えた。

「渡！　おかえりなさい」

「……どうして」

「私、言ったでしょ、待っているって」

たしかに、渡がこの家を出て深央の部屋にむかったとき、静香はそう言った。

しかし渡はそれを真に受けてはいなかった。

すべてを放りだして家を飛びだした自分を静香が許してくれるとはとても思えなかった。

でも。

「私ね、ずっと一人で練習していたんだよ」

「うん、聞いてた。前よりうまくなってる」

「また、続きを教えてくれる？」

「いいの？」

「なにが？」

静香はきょとんとした顔で渡を見た。

渡は言葉が浮かばず、ただうれしくて静香の顔を見返した。

静香は渡を室内に招き入れると、ゆっくりとドアを閉めた。

新しい物語がはじまろうとしていた。

《小説　仮面ライダーキバ》了

原作
石ノ森章太郎

著者
古怒田健志

監修
井上敏樹

協力
金子博亘

デザイン
出口竜也
（有限会社 竜プロ）

古怒田健志 | Kenji Konuta

脚本家。1964年9月12日生。SF特撮映像の専門誌『宇宙船』の記者を経て、1997年『ウルトラマンダイナ』で脚本家デビュー。主な作品は『ウルトラマンガイア』(1998年)、『炎神戦隊ゴーオンジャー』(2008年)、『図書館戦争』(2008年)、『ダンボール戦機W』(2012年)他。大洋ホエールズ時代からの熱心な横浜DeNAベイスターズファン。

講談社キャラクター文庫 009

小説《しょうせつ》 仮面《かめん》ライダーキバ

2013年3月8日 第1刷発行

著者	古怒田健志《こぬたけんじ》 ©Kenji Konuta
監修	井上敏樹《いのうえとしき》
原作	石ノ森章太郎《いしのもりしょうたろう》 ©石森プロ・東映
発行者	持田克己
発行所	株式会社 講談社
	112-8001 東京都文京区音羽 2-12-21
電話	出版部 (03) 5395-3488 販売部 (03) 5395-4415
	業務部 (03) 5395-3603
デザイン	有限会社 竜プロ
協力	金子博亘
本文データ制作	講談社デジタル製作部
印刷	大日本印刷株式会社
製本	大日本印刷株式会社

ISBN 978-4-06-314859-6 N.D.C.913 334p 15cm
定価はカバーに表示してあります。Printed in Japan

講談社キャラクター文庫

小説 仮面ライダーシリーズ

好評発売中

- 小説 仮面ライダーカブト ―― 米村正二
- 小説 仮面ライダーW ―― 三条 陸
- 小説 仮面ライダーオーズ ―― 毛利亘宏
- 小説 仮面ライダーアギト ―― 岡村直宏　監修／井上敏樹
- 小説 仮面ライダーファイズ ―― 井上敏樹

発売日未定

- 小説 仮面ライダークウガ ―― 荒川稔久

2013年3月8日(金)発売

- 小説 仮面ライダーブレイド ―― 宮下隼一
- 小説 仮面ライダーキバ ―― 古怒田健志　監修／井上敏樹

2013年4月12日(金)発売

- 小説 仮面ライダー龍騎 ―― 井上敏樹
- 小説 仮面ライダーディケイド ―― 鐘弘亜樹　監修／井上敏樹

2013年5月17日(金)発売

- 小説 仮面ライダー響鬼 ―― きだ つよし
- 小説 仮面ライダー電王 ―― 白倉伸一郎

各巻定価：650円(税込) 本体619円

*編集の都合により、発刊順や発売日が変更になる場合があります。

KAMEN RIDER